Der Schnee von Nebraska

Daraufhin stürzte der unglückliche Mann ans Telefon, um die Polizei zu beschwören, sie möchte alle Maßnahmen in dieser Sache sofort einstellen, es komme ihm weder auf das Geld noch auf den Täter, einzig auf die Sicherheit seines Sohnes an. Er machte sich gleich wieder auf, um auf dem Polizeibüro persönlich seine Bemühungen fortzusetzen, und wirklich vermochte er den Polizeichef zu überreden, für eine Frist von drei Tagen alle Unternehmungen in der Angelegenheit zu stoppen – das heißt: In Wirklichkeit und unter der Hand wurden die Nachforschungen natürlich doch fortgesetzt, aber nur ein Eingeweihter konnte davon wissen, und in die Öffentlichkeit drang nichts mehr als ein Schweigen ungeheurer Spannung.

Vom Polizeibüro aus fuhr Doktor Watson zum Haus der Ogallala-News und gab für die Rubrik »Familiennachrichten« eine Anzeige wie gefordert auf, in der er sich zur Zahlung der achtundzwanzigtausend Dollar bereit erklärte und um Angabe des Ortes bat, an dem er »Mabel« die Summe aushändigen könnte. Ich muss aber bemerken, dass mir der Wortlaut dieser Anzeige nicht bekannt geworden ist; alles nämlich, was mit dem Zettel und mit den Versuchen zu tun hatte, eine Fühlung mit dem Verbrecher zu finden, hielt der Doktor streng geheim, damit um Gottes willen nichts geschähe, was das Leben seines Jungen gefährden könnte.

Die Nachricht von dem Verbrechen erreichte mich am nächsten Morgen durch die Zeitung, als ich eben beim Frühstück saß. Ich ließ alles stehen

Wagenschlag auf und schrie, als hätte er seit Langem auf diesen schrecklichen Augenblick gewartet:

»Wo ist Chuck? Um Gottes willen, wo ist Chuck?!«

Er drehte, ohne eine Sekunde Zeit zu verlieren, um und jagte zur Polizei. So kam es, dass schon eine halbe Stunde, nachdem der Junge geraubt worden war, die Verfolgung des Verbrechers aufgenommen wurde, die Sirenen der Polizeiräder heulten durch die Stadt und ins leere Land hinaus, die Telegraphen meldeten in ganz Nebraska und Iowa die Merkmale des Räubers, das Radio forderte die Bevölkerung zur Mitarbeit auf, und Aushänge liefen überall durch die Druckerpressen: Es schien unmöglich, dass der Mann mit dem Jungen das Netz der Verfolgung durchschlüpfen könnte.

Als die Watsons nach Hause kamen, fanden sie den Zettel, den der Entführer zurückgelassen hatte. Es war ein schmutziger und schon halb verwischter Lappen Papier; darauf forderte der Verbrecher in einer rohen, ungebildeten und überdies verstellten Bleistiftschrift den Doktor auf, sich unverzüglich mit ihm in Verbindung zu setzen, und zwar durch eine Anzeige in den Ogallala-News unter dem Kennwort »Mabel« und mit der Unterschrift »Ann«, und ihm eine Summe von achtundzwanzigtausend Dollar an einem noch zu vereinbarendem Orte auszuhändigen; wenn dieses binnen drei Tagen nicht geschehen oder aber die Polizei von dem Vorgefallenen benachrichtigt sei, so würde der Junge eines Todes sterben, »fuller of torture than you could imagine«.

Obgleich aber alles so schnell ging, war den vier jungen Leuten gleichmäßig der furchtbare Ausdruck im Auge des Eindringlings aufgefallen; es war, so sagten sie später übereinstimmend aus, unter buschigen schwarzen Brauen ein helles, graues oder graublaues Auge von völlig unbeseelter, erschreckender Starrheit gewesen, ja, dieses Auge war es, das ihnen in der Erinnerung mehr noch als das Geschehnis selbst die Schauer des Entsetzens über den Rücken laufen ließ.

Nun kam unmittelbar, nachdem der Mann mit dem kleinen Chuck verschwunden war, das eine Dienstmädchen, vom Klirren des Glases angelockt und in der Meinung, die jungen Leute hätten irgendwelchen Unfug angerichtet, in die Stube, die vier erwachten aus ihrer Lähmung, die jungen Damen brachen in Schreie und Tränen und die jungen Männer in atemlose Rufe aus; das Mädchen aber erfasste das Geschehene schnell, und sie stürmte, den Namen Chucks rufend, auf den Vorplatz hinaus. Draußen war die Dämmerung schon ziemlich weit vorgeschritten, und der Schnee hatte wieder zu fallen begonnen; die Rufe des Mädchens blieben in der Taubheit der leisen Stunde ohne jede Erwiderung, und sie ließ entmutigt ihre Arme sinken.

Doch fügte es der Zufall, dass nur wenige Minuten später Doktor Watson und seine Frau im Auto von ihrem Besuche heimkehrten. Als der Doktor das gestikulierende Mädchen erblickte, das im Lichtkegel des Scheinwerfers stand, stieß er den er unter ihnen umher, bediente sie und ließ mit sich plaudern.

Da ließ ein Klirren von Glas sie alle auffahren, und sie sahen, dass ein Mann mit vorgestrecktem Revolver das fußtiefe, ebenerdige Fenster durchstoßen hatte und mit einem einzigen Schritt mitten durch die entzweisplitternde Scheibe eingetreten war. Das Fenster lag seitlich von dem Tisch, an dem sie saßen, und Chuck, der eben davor stand, war also dem Eindringling am nächsten. Auch er starrte den Mann an, dessen Gesicht von einem schwarzen Tuch umwunden war; er war ein hünenhaft großer Mensch in einem Kamelhaarmantel mit eckigen Schultern, und unter seinem Tuche hervor murmelte er mit einer heiseren Stimme, dass er sie alle kaltmachen werde, wenn einer sich rühren oder rufen sollte. Er machte einen Schritt ins Zimmer hinein, stieß die Hand mit dem Revolver Chuck oberhalb der Knie zwischen die Beine, indes er mit dem andern Arm sein Genick umschlang, und riss ihn zu sich hoch. Chuck gab kein Wort von sich, aber ein kaum wahrnehmbares Ächzen drang zu den jungen Leuten am Tisch, offenbar wehrte er sich mit seinen schwachen Kräften gegen die eiserne Umschlingung, und dadurch wurde dem Mann das schwarze Tuch ein wenig heruntergezogen, so dass das Auge zum Vorschein kam. Dies alles dauerte nur wenige Sekunden, im nächsten Augenblick flatterte ein Stück Papier zu Boden, und der Mann war mit seiner Beute durchs zersplitterte Fenster verschwunden.

und der Schnee, der dicht und ebenmäßig fiel, habe ihm Haar, Gesicht und Schultern besetzt, er aber habe sich nicht gerührt; eine Scheu befiel die junge Frau, ihr Kind anzureden, und sie ging lautlos davon.

Zuhause erwähnte weder Mutter noch Sohn den Besuch auf dem Friedhof, und überhaupt machte sich keinerlei Veränderung in Chucks Wesen bemerkbar; er lebte, so verbindlich er sich betrug, in einer Welt für sich, und das prägte sich auch in seinem Gesicht aus, besonders wenn man ihn aus Scherz zum Narren halten oder ihm eine windige Geschichte erzählen wollte und er vor einem stand und einen mit seinen unbeirrbar nachdenklichen Augen ansah, die Zähne immer fest zusammengebissen, ein kleines gutmütiges Lächeln in beiden Mundwinkeln.

Als im vorvorigen Jahr das Weihnachtsfest eben vorüber war, der Christbaum stand noch mit vielen bunten Birnen geschmückt nach amerikanischer Sitte auf dem Schneeplatz vor Doktor Watsons Haus, geschah etwas Furchtbares. Es hatten nämlich Virginia und Clark, die nun sechzehn Jahre alt waren, eine kleine Nachfestfeier mit Popcorn und Wurzelbier veranstaltet und dazu eine Freundin und einen Freund aus der Nachbarschaft geladen; die Eltern waren zu einem Besuche ausgefahren, aber Chuck musste selbstverständlich dabei sein, er gehörte sozusagen mit zu den Genüssen, die die Freunde mit Recht erwarten konnten, und in seiner weltmännisch zurückhaltenden Art ging

Ogallala zu Besuche war, häufig gesehen, zuletzt, als er neun Jahre alt war. Ich war wie alle Welt ein bisschen vernarrt in ihn und geneigt, der Mutter Anschauung zu teilen, Chuck sei zu etwas Besonderem ausersehen. Daran glaubte sie fest, und tatsächlich lieferte dies eine der wenigen Streitigkeiten in der Ehe mit dem älteren und weltklügeren Manne, der von einer Ausnahmestellung seines Lieblingskindes nichts wissen und schon gar nicht zulassen wollte, dass Chuck, wie Mabel wünschte, nach Hollywood gebracht und dort Probeaufnahmen von ihm gemacht werden sollten, damit er ein Filmstar werde gleich Shirley Temple oder Freddie Bartholomew.

Der Junge aber hatte eine unvergleichliche Art, jede Bevorzugung zu übersehen, darum liebten ihn seine Geschwister und Altersgenossen noch mehr, und obgleich er keineswegs zimperlich war, hatte er, soweit ich weiß, nur ein einziges Mal eine Prügelei, und zwar mit dem etwa gleichaltrigen Sohn jenes älteren Arztes aus Doktor Watsons Revier (er hieß O'Brady), mit dem er sich aber unmittelbar danach aussöhnte und dann sogar in enger Freundschaft lebte, bis jene bösartige Grippeepidemie kam, die unter so vielen anderen in Ogallala auch diesen Jungen zugleich mit seiner Mutter zum Opfer forderte.

Mabel hat mir erzählt, dass kurz nach diesem Ereignis ein zufälliger Spaziergang sie am Friedhof vorbeigeführt und dass sie Chuck am Grabe des Freundes habe stehen sehn, die Mütze in der Hand,

Das Haus, das er sich nach seiner Vorliebe in spanischem Kolonialstil erbaut hatte, wie man ihn an der pazifischen Küste viel sieht, lag am Rande der Stadt mit einem großen Garten nach hinten zu und einem ansehnlichen Vorplatz, es war zweifelsohne das schönste Haus, und Doktor Watson war der glücklichste Mann von Ogallala, denn auch seine neue Ehe war die denkbar beste.

Die junge Frau schien die Großstadt in keiner Weise zu entbehren, sie war, seit sie in Doktor Watsons Behandlung gewesen war, von einem erstaunlich gleichmäßigen Temperament, sie hatte nur für ihren Mann und für dessen Kinder Augen; für die Kinder nämlich, Virginia und Clark, hatte sie eine freundschaftliche Zärtlichkeit, die umso rührender wirkte, als ihr Wesen auf den ersten Blick für Zärtlichkeiten so gar nicht gemacht schien; die drei hockten zusammen, sobald der Doktor in seiner Praxis zu tun oder das Haus zu einer Operation zu verlassen hatte, weswegen er denn auch häufig von seinen »drei Kleinen« sprach. Als nun das Paar noch im ersten Ehejahr ein Kind bekam, einen kleinen Jungen, den sie Jerry nannten, der aber bald Chuck gerufen wurde, schien zur Seligkeit, soweit diese Welt sie zu bieten vermag, nicht mehr viel zu fehlen.

Chuck wurde der Liebling aller. Er war aber auch wirklich ein bezaubernder Junge, ein vollendeter kleiner Gentleman. Er hatte die Schönheit seiner Mutter und den tiefen nachdenklichen Ernst im Auge von seinem Vater. Ich habe ihn, wenn ich in etwas gläserne Weise, die Sie häufig bei unseren jungen Damen finden können.

Jedenfalls, sie willigte darein, seine Frau zu werden und sogar mit ihm die Großstadt zu verlassen und nach dem besagten Ogallala zu übersiedeln. Ich weiß nicht bestimmt, warum sich die absurde Idee, dorthin zu ziehen, in ihm bildete und festsetzte; ich könnte mir aber denken, dass er mit diesem freiwilligen Opfer dem Schicksal sein Glück bezahlen wollte, dass es sich nicht über Nacht gegen ihn erbose, denn selbst die Liebe hatte sein Misstrauen nicht ersticken können.

Kurz nachdem sich Doktor Watson in Ogallala niedergelassen hatte, besuchte ich ihn, und ich hatte merkwürdigerweise das Gefühl, dass er an dieser Übersiedlung recht getan hatte, so abstrus sie doch eigentlich war. Aber wahrscheinlich erschien einem das Glück und der geschmackvolle Luxus, mit dem er sich umgeben hatte, noch gesteigert durch die Ärmlichkeit und Leere der weiteren Umwelt, darin er beides genoss.

Es gab ein paar Ärzte in Ogallala und besonders einen älteren in Doktor Watsons Revier; aber der berühmte Mann aus der Weltstadt hatte alsbald den größten Zustrom an Patienten, einen größeren Zustrom, als ihm im Grunde lieb war, denn er hatte nicht die Absicht, sein Leben wie bisher ganz der Arbeit zu widmen, an Mitteln fehlte es ihm ja nicht, und also stoppte er den Zulauf durch sehr hohe Honorarforderungen – womit er allerdings seinen Ruf noch weiter vergrößerte.

Ogallala an der Grenze Nebraskas nach Iowa hin gelegen, am Rand der Wüste, die wir jetzt durchfahren. Dort finden Sie zwar noch ein paar Wäldchen, Buschwerk, hier und da eine Siedlung und sogar ein Flüsschen, dessen Bett aber im Sommer fast immer austrocknet; im Ganzen war es jedenfalls eine typische Präriestadt.

Dorthin wurde aus einem schwer verständlichen eigenen Antriebe ein Mann verschlagen, den ich sehr hoch schätzte, ja: verehrte, ein Arzt namens Doktor Watson. Er war mein Lehrer in Chikago gewesen, und eine Zeit lang assistierte ich ihm. Er hatte eine ausgedehnte Praxis, einen großen Namen und ein bedeutendes Vermögen. Seit zwei Jahren war er Witwer, und mit dem Tode seiner Frau, von der ich nicht einmal sagen könnte, dass er sie zu ihren Lebzeiten in einer auffälligen Weise verwöhnt hätte, hatte ihn eine seltsame Verdüsterung, ein fortdauernd in ihm arbeitendes Misstrauen gegen diese Welt beschlichen. Dann kam ein junges Mädchen namens Mabel MacFadden, die Tochter einer guten, aber nicht reichen Familie, wegen eines nervösen Leidens in seine Praxis, und eine Art hysterischer Glückseligkeit befiel ihn. Das Mädchen war freilich außerordentlich schön (ehrlich gesagt, auch ich verliebte mich in sie), aber sie war fast dreißig Jahre jünger als er: Er war bald fünfzig und sie eben zwanzig. Auch hatte er aus seiner Ehe zwei Kinder, Virginia und Clark, Zwillinge von jetzt fünf Jahren; doch erwiderte das junge Mädchen seine Liebe, wenn auch auf jene

Kalifornien, Nevada, Utah und Wyoming lagen hinter uns. Ebenmäßig, Stunde um Stunde, rollte unser Zug durch die ungeheure Prärie von Nebraska. Sie war eingeschneit; zuerst hatten noch Büschel schwarzen Steppengrases und hier und da eine kleine Wellblech-Hütten-Siedlung die grenzenlose Weite gemustert; aber mit dem Mittag und dem immer volleren Sonnenschein war auch diese letzte Unterbrechung verschwunden. Das Geblitz des Schnees hatte unsere Augen ermüdet. Nun wurde es Abend, und ein bedrückendes Grau senkte sich über das verlassene Gefilde. Es war eine schwermütige Fahrt.

Der Doktor kam mit einer Whiskyflasche, wir tranken, und ich schaute wieder hinaus. Er folgte meinem Blick und sagte, indes er sich mir gegenüber niederließ:

»Da ist nicht viel zu sehen.«

Jetzt schaute auch er hinaus, und nach einer Weile fuhr er fort, und er sagte:

Ich habe eine gewisse traurige und unheimliche Erinnerung an dieses Land Nebraska. Sie betrifft nicht gerade mich selbst, aber doch Menschen, die mir nahestanden – das Dunkel, das alles verschluckt, hat auch sie inzwischen zu sich genommen.

Ich will Ihnen die Geschichte erzählen und will sagen: Sie spielte in einem Orte namens Omaha, wo wir heute Abend vorbeikommen werden; es war nicht Omaha, sondern viel, viel kleiner und diesem nur dem Klange nach ähnlich, das Städtchen

Joachim Maass

Der Schnee von Nebraska

Erzählung

Herausgegeben und mit einem
Nachwort von Andreas F. Kelletat

persona verlag

und liegen, stürzte zum Bahnhof und bekam mit knapper Not den »Superchief«, die schnellste Zugverbindung von Chikago nach dem Westen. So war ich schon in der folgenden Nacht in Ogallala, um meinen Freunden nach Möglichkeit zur Seite zu stehen.

Ihr Zustand war, wie Sie sich denken mögen, grässlich; aber während Mabel sich in einer durch nichts zu beeinflussenden wimmernden Erregung befand, in der sie nicht einmal die Anwesenheit Virginias und Clarks, geschweige denn ihren Trost und Zuspruch zu bemerken schien, so dass man sich endlich entschließen musste, eine Pflegerin ins Haus zu nehmen, war der Doktor auf eine beängstigende Weise verstummt, als hätte ihn ein furchtbarer Schlag, aber ein Schlag nicht im übertragenen, sondern im physischen Sinne seiner Fähigkeit zu reden beraubt, und mit einer närrischen Starrheit hielt er am regelmäßigen Ablauf seines Tages fest, besorgte mit unheimlicher Pünktlichkeit seine Praxis und führte am Nachmittag des dritten Tages sogar eine größere Operation aus, bei der ich ihm wie in glücklicheren alten Zeiten assistierte.

Diese Merkwürdigkeit in des Doktors Verhalten führte zu der bald verbreiteten Meinung, er habe sich nicht genügend um das Schicksal seines Jungen bemüht; indes konnte wohl nicht gut mehr geschehen, als durch ihn geschah, er war täglich mehrere Stunden abwesend, um Besuche zu machen, wie er andeutete, in Wirklichkeit aber, um sich mit den Detektiven zu besprechen, die er hinzugezogen hatte. Ob er recht beraten war, kann ich nicht beurteilen; Sie werden aber sehen, dass die Ereignisse schon damals auf einem Punkt der Entwicklung angekommen waren, auf dem nur ein Zufall den armen kleinen Chuck noch hätte erretten können.

Die verschiedensten und durch nichts zu belegenden Gerüchte tauchten auf, zuerst: Ein Wahnsinniger habe den Raub begangen, vielleicht um sich wegen einer vermeintlich falschen ärztlichen Behandlung an dem Doktor zu rächen, und es bestehe keine Hoffnung, dass der Junge mit dem Leben davonkommen werde; dann verbreitete sich, Chuck werde auf einer nahe gelegenen verlassenen Geflügelfarm festgehalten, und obgleich das Ganze nur leeres Gerede war, jagte sofort mit Autos und Motorrädern eine Polizeistreife an den bezeichneten Ort, den man natürlich leer und ohne jede Spur vorfand, die auf einen Zusammenhang mit dem Verbrechen hingedeutet hätte; später hieß es, Chuck sei munter und wohlauf, er werde bald zurück sein, wenn nur der Doktor, der mit der Bande des Entführers in Verbindung stehe, rasch genug handelte.

Freilich ist es wahr, dass eine zweite Anzeige in den Ogallala-News um »neue« Beweise bat, dass Chuck am Leben sei; der Doktor aber leugnete, vielleicht aus übergroßer Vorsicht, stumpf und hartnäckig, eine Berührung mit dem Verbrecher gefunden zu haben – womit er übrigens die Wahrheit sagen mochte, selbst wenn er eine Antwort auf seine Anzeige erhalten hatte, denn es konnten sich ja Schwindler, die mit der Entführung selbst nichts zu tun hatten, in das dunkle Spiel eingemischt haben, um sich das Lösegeld zu ergaunern; immerhin bat der Doktor die Polizei um einen weiteren »truce«, einen Waffenstillstand, der ihm Verhandlungen ermöglichen sollte, und die Polizei gab nochmals nach.

Endlich hieß es, man habe in Kansas City einen von Gangstern übel zugerichteten Mann aufgegriffen, der vorgab, den Watsonjungen im Unterschlupf der Verbrecher gesehen zu haben, »nackt und in weiße Laken gewickelt«, aber auch die Nachforschungen, die man auf diese Anzeige hin unternahm, verliefen völlig im Leeren.

Sieben Tage waren seit dem Verschwinden Chucks vergangen, der Doktor hatte vier Anzeigen in den Ogallala-News erscheinen lassen, die Presse des ganzen Landes hatte täglich mit großen Schlagzeilen die kärglichen und meist am nächsten Tag widerrufenen Nachrichten gebracht, und noch war keinerlei Licht in die Angelegenheit gekommen. Ich habe später Gelegenheit gehabt, Einblick in des Doktors Vermögensverwaltung zu nehmen, und dabei festgestellt, dass um diese Zeit sechsundfünfzigtausend Dollar von seinem Konto abgehoben worden waren, also zweimal der als Lösegeld geforderte Betrag. Wem er diese Summe ausgezahlt hat, weiß ich nicht; er sprach nie darüber. Tatsache ist, dass dies alles zu keinem Erfolge führte: Chuck war und blieb verschwunden.

Als die Polizei einsah, dass ohne ihr tatkräftiges Eingreifen doch nichts zu Tage gefördert würde und dass ihre Zurückhaltung zwecklos war, beendete sie den »truce«, den sie dem Täter durch die Anzeige Doktor Watsons hatte versprechen lassen, und begann in großem Stil ihre Arbeit von Neuem.

Man hatte schon im Geheimen Listen aller aus den Irren- und Strafanstalten kürzlich entlassenen oder entsprungenen Personen aufgestellt, und die Suche wurde jetzt in dieser Richtung aufgenommen; schon einmal, vor ein paar Jahren, war in Ogallala der Versuch gemacht worden, ein Kind zu entführen, den achtjährigen Sohn eines Großkrämereibesitzers namens Franklin; auch diesen Fall, den man seinerzeit nicht allzu energisch verfolgt hatte, weil der erste Versuch ohne Schaden verlaufen und ein weiterer von dem Verbrecher nicht unternommen worden war, griff man wieder auf; die Überwachung der Straßen wurde verschärft und auf ganz Nebraska und Iowa und Teile von Kansas und Missouri ausgedehnt, die Aushänge mit den wenigen Merkmalen, die von dem Täter bekannt geworden waren, wurden endlich veröffentlicht.

Am dritten Tage verbreitete sich die Kunde, man habe den Kidnapper gefasst, aber Chuck sei nicht mehr am Leben. Wie es nun mit derlei Nachrichten zu gehen pflegt: Es stimmte zwar, dass man einen Verdächtigen gestellt, nicht aber, dass man etwas über Chucks Schicksal in Erfahrung gebracht hatte.

Der Festgenommene bestritt jeden Zusammenhang mit dem Verbrechen. Es nützte ihm jedoch nicht viel, die Erregung und Ungeduld von Bevölkerung und Polizei war zu groß, man musste einen Schuldigen haben.

Der Mann war in Burlington aufgegriffen worden, man brachte ihn nach Ogallala, und als er Virginia und Clark und deren Freunden vorgeführt wurde, behaupteten die jungen Leute mit Ausnahme Clarks, der sich nicht sicher war, dieses sei der Mann; sie erkannten es an seinem Blick, der freilich von der Seite und bei der Gelegenheit gesehen, bei der sie ihn zuerst gesehen hatten, einen unvergesslichen Eindruck hinterlassen musste; der Mann hatte nämlich ein Glasauge, und sogar die helle Farbe dieses künstlichen Auges war die gleiche, die die vier schon vorher angegeben hatten. Indes leugnete der Mensch hartnäckig und zwar auch dann noch, als sich herausstellte, dass man ihn in der Nacht nach der Entführung Chucks nahe Red Oak, etwa fünfzig Meilen entfernt von Ogallala, in einer Waldstraße schon einmal gestellt, als nicht hinreichend verdächtig aber hatte weiterfahren lassen, nachdem der bewusste »truce« von der Polizei verkündet worden war.

Man listete dem Manne aber noch einen weiteren Beweis seiner Identität ab, indem man ihn nämlich irgendwelche Aussagen schriftlich zu machen zwang, und obwohl er seine Hand verstellte, war es den Sachverständigen doch ein Leichtes zu erkennen, dass diese Schriftzüge von dem gleichen Manne stammten wie jene auf dem Zettel in Doktor Watsons Haus. Sie mögen sich vorstellen, dass man im Guten wie im Bösen auf ein Geständnis des Verhafteten drang; aber was man auch anstellte: Der Mensch blieb bei seiner Leugnung, er wisse nichts von dem Verbleib des geraubten Jungen.

Für die Öffentlichkeit war er trotzdem der Täter, auch die jungen Leute blieben unerschütterlich von seiner Identität mit dem Eindringling überzeugt, nur einer glaubte seltsamerweise nicht daran, und das war Doktor Watson selbst. Er bat die Polizei um eine Gelegenheit, unter vier Augen mit dem Manne zu reden, und man gewährte sie ihm. Was die beiden miteinander besprachen, ist nicht bekannt geworden; nach dem Gespräch aber bat Doktor Watson den Polizeichef abermals inständig, seine Suche mit aller möglichen Sorgfalt und Tatkraft fortzusetzen und sich darin nicht durch die Tatsache beirren zu lassen, dass man vermeinte, des Täters habhaft zu sein.

Dieses geschah an einem Sonnabend, dreizehn Tage nach dem Verschwinden Chucks und drei Tage nach der Festnahme des Verdächtigen, der übrigens Clifford Down hieß und alles in allem ein ziemlich übel beleumundetes Individuum war, mehrfach vorbestraft und möglicherweise, wie sich jetzt herausstellte, auch in jene Entführungsaffäre verwickelt, die sich früher in Ogallala zugetragen hatte.

Am darauffolgenden Tage kam die Kunde auf, Clifford Down habe ein Geständnis abgelegt, und das stimmte auch, aber das Rätsel war damit nicht gelöst. Am Sonntagmorgen verlangte nämlich Down, den man seit dem Gespräch mit Doktor Watson auf dessen Bitte allein gelassen hatte, vor den Polizeichef geführt zu werden, und sagte aus: Er sei es tatsächlich, der Chuck geraubt und jenen Zettel zurückgelassen hätte; er sei mit seiner Beute auf Red Oak zugefahren; dort aber in einer Waldstraße sei ihm von ferne der Schein schwingender Lampen, deren Licht matt über die Stämme streifte, aufgefallen, und in der Angst, dass die Polizei schon an der Arbeit und er also in größter Gefahr wäre, habe er den Jungen »betäubt«, ihn aus dem Wagen in ein nahes Gesträuch geschleppt und ihn mit seinem Mantel zugedeckt, der ihm ohnehin leicht zum Verhängnis hätte werden können; wirklich sei er denn auch von einer Polizeistreife sistiert, aber wieder entlassen worden, und nun habe er »der ganzen verfahrenen Angelegenheit« den Rücken gekehrt und sich nach Burlington begeben, wo er sich bis zu seiner Festnahme aufgehalten habe; vom weiteren Ergehen des Watsonjungen aber wisse er nichts.

So hatte man denn den Täter und hatte ihn doch wieder nicht – wofern man nämlich der Aussage glauben wollte; selbstredend hätte man ihr nicht geglaubt, wenn man nicht durch ein weiteres Ereignis, das am gleichen Tage eintrat, halb und halb dazu gezwungen worden wäre.

Wir hatten damals einen Winter mit reichlichem Schneefall in Nebraska; aber an diesem Sonntagmorgen schneite es nicht, es war eiskalt, und ab und zu ließ ein schneidender Windzug die verharschten Körner über die weite Fläche rieseln, dabei aber war der Himmel grau, und es sah aus, als ob der Schnee bald wieder zu fallen beginnen wollte, wie er auch in der letzten Nacht gefallen war, stetig und in ungeheurem Schweigen, wie wenn er die ganze Welt bedecken wollte.

Nun wohnte ein paar Meilen außerhalb Ogallalas ein Mann namens Johnson, der zusammen mit seinem achtzehnjährigen Sohn Douglas eine Hühnerfarm unterhielt. An jenem Morgen begab sich der junge Mann auf die Kaninchenjagd; es war eben zu der Stunde, als auf einen Anruf des Polizeichefs von Ogallala die Leute von Red Oak sich aufmachten, um an dem beschriebenen Orte nach dem Mantel Downs und dem Körper des kleinen Chuck zu suchen, denn man musste wohl annehmen, dass die »Betäubung«, von der Down gesprochen hatte, einem Totschlage gleichkam.

Douglas war also auf der Jagd, und er hatte gerade ein Kaninchen aufgebracht, als das Tier in ein Gestrüpp abging. Douglas eilte hinterher, da stürzte er und hatte sogleich das schreckhafte Gefühl, dass es ein menschlicher Körper sei, über den er gefallen war. Er richtete sich auf, die Flinte in der Linken, und schaufelte mit der anderen Hand den Schnee beiseite; zuerst wollte es ihm, so erzählte er, gar nicht recht gelingen, und eine Gier kam in ihn, den geheimnisvollen Fund mit den Augen zu sehen. Als es aber so weit war und die ersten Teile des Gesichtes frei wurden, konnte er nicht aufhalten, und automatisch und gegen seinen Willen fuhr er in seiner Arbeit fort; plötzlich aber stieß er einen langen wilden Schrei aus, er warf die Flinte zu Boden und jagte, wie vom Bösen gehetzt, der Farm zu. Er hatte das Gefühl, das Entsetzliche würde ihn einholen, er lief wie ein Wahnsinniger, und als er endlich die kleine Siedlung erreichte, schrie er:

»Dad, ich habe den Watsonjungen gefunden! Dad! Dad!«

Und dabei beschäftigte ihn die Vorstellung, was er anstellen sollte, wenn der Vater nicht da, wenn er einfach verschwunden wäre.

Der Alte kam indes ruhig aus dem Holzschuppen hervor, er vermeinte nichts anderes, als dass sein Sohn der allgemeinen Hysterie verfallen wäre; als er jedoch sein Gesicht sah, wusste er, dass dem nicht so war. Douglas war ein beherzter Bursche, und nun hatte ihm das Entsetzen die Augen rund und starr und das Gesicht schmal und fahl gemacht, dass dieser Anblick allein genügt hätte, einen von der Unheimlichkeit dieser Welt zu überzeugen. Der Vater vermochte kaum den Sohn zu bewegen, dass er ihn zum Fundort führe; nur die Tatsache, dass er sonst allein in dem Hause hätte bleiben müssen, nötigte es ihm ab.

Es war also Chuck, den Douglas da im Schnee gefunden hatte; es bestand kein Zweifel, dennoch konnten sie es kaum fassen. Man hatte den Jungen unsäglich zugerichtet, und die Drohung, er werde eines Tages sterben, »fuller of torture than you could imagine«, war offenbar wahr gemacht worden, ganz gleich, durch wen; die offenen Augen, jetzt von Schnee gefüllt, zeugten noch von dem weltenweiten Grauen, das das Kind erlebt hatte. Blut war in Strömen über das einst so reizende Gesicht gequollen und nun dick verkrustet und vereist, und der rechte Mundwinkel war aufgerissen. Auch der Körper selbst, der nackt und völlig gefroren war, befand sich in einem fürchterlichen Zustand – aber ich will es nicht genauer beschreiben, das Grauen und der Ekel packen mich wieder, wenn ich daran denke. Ich war nämlich von den Näherstehenden der Erste, der den Leichnam identifizierte, weil der Doktor sich gerade auf einem seiner geheimnisvollen Wege befand, als die Nachricht uns erreichte.

Er selbst kam eine halbe Stunde später; er ging langsam auf den Leichnam seines Sohnes zu und schaute hinab; er beugte sich nicht nieder und berührte auch den gequälten Körper nicht; er stand nur da, und wie in der Einsicht, dass es nun genug sei, fing es aus dem grauen Himmel wieder zu schneien an, und der Schnee bedeckte gütig das entsetzliche Bild; da befiel den Doktor ein Schüttelfrost, dass ihm hörbar die Zähne aufeinanderschlugen, er wandte sich um und begann zu gehen, nicht auf das Haus zu, wo sein Auto wartete, sondern einfach in die schneetreibende Prärie hinaus. Ich ging ihm nach, fasste seinen Arm und führte ihn; es war ihm ganz gleich, wohin man mit ihm ging: Wohin auch immer, kein Weg führte aus seinem Erlebnis nach Hause.

Schlimmer noch war die Wirkung des Ereignisses auf die arme Mabel. Man versuchte selbstverständlich, es vor ihr geheim zu halten, wenigstens was die

Einzelheiten anbetraf; aber sie verstand es, sich am nächsten Morgen durch ein junges Negermädchen, das im Hause die einfacheren Arbeiten verrichtete, eine Zeitung zu besorgen, und diese Zeitung brachte eine Darstellung des Falles von allem Anfang bis zum Ende in großer Aufmachung und schrecklicher Genauigkeit, sogar ein Bild des kleinen Chuck erschien auf dem Titelblatt, darüber stand: »He returns – dead« und darunter: »Jerry Watson, Cruelly Tortured and Body left to Freeze.« Unter der Fürchterlichkeit dieser Nachrichten brach Mabel vollends zusammen, sie verfiel in ein schweres Nervenfieber und starb am zweiten Tage nach ihrer Erkrankung, zur Zeit, als die Sonne unterging.

Um in der Erzählung des Falles selbst fortzufahren, muss ich zunächst berichten, dass es den Leuten von Red Oak wirklich gelang, Downs Mantel an dem angegebenen Ort zu finden, wo er tief im Schnee begraben lag, und da außerdem nach dem Ergebnis der ärztlichen Untersuchung Chuck, als man seinen Körper entdeckte, nicht viel länger als vierundzwanzig Stunden tot sein konnte, Down aber schon seit über einer halben Woche in Haft war, kam seine Täterschaft für diesen Mord nicht mehr in Frage.

Wer aber kam in Frage?

Der alte Johnson sagte aus, in der Nacht gegen elf Uhr habe sein Hund, eine große Bulldogge, angeschlagen und gewimmert, wie sie täte, wenn Fremde in der Nähe wären; er habe gedacht, ein später Besuch wolle noch zu ihm, und habe das

Tier ins Haus genommen; dort habe es sich nach wenigen Minuten beruhigt, und er, Johnson, habe den kleinen Vorfall bald vergessen. Daraus wurde die Theorie entwickelt, dass der Leichnam, vielleicht in Laken gehüllt, in der letzten Nacht im Auto dorthin geschafft worden wäre, wo man ihn am Morgen fand; dass der Mord aber etwa an Ort und Stelle ausgeführt worden wäre, erschien überhaupt von vornherein ausgeschlossen.

Noch eine weitere Vermutung kam durch den Umstand auf, dass die wenigen unverletzten Teile des Gesichtes und die Hände des kleinen Ermordeten mit einer Schicht rußigen und inzwischen gefrorenen Schmutzes bedeckt und beschmiert waren und dass man unter den Fingernägeln Klümpchen eines Kalkstaubes sah; vielleicht, so meinte man, habe der Verbrecher den Jungen geknebelt und gebunden in einer sonst unbenutzten Dachkammer in Verwahrung gehalten, während er Anstrengungen machte, irgendwie in den Besitz des Lösegeldes zu kommen. Eine gewisse Wahrscheinlichkeit konnte man dieser Mutmaßung nicht absprechen; denn dass der Junge gefesselt worden war, und zwar aufs Brutalste, verrieten die übrig gebliebenen Spuren an dem Körper nur allzu deutlich.

Wer aber hatte dies alles getan?

Von der Abscheulichkeit seiner Tat hatte der Schuldige genügend deutliche Merkmale zurückgelassen, aber wo er sie ausgeführt und wohin er sich nachher gewandt hatte, darauf wies nichts, und das Gemunkel, der junge Douglas Johnson hätte mit der

Sache zu tun, war denn doch zu unsinnig, als dass die amtlichen Stellen ihm hätten nachforschen mögen. Man konnte im weichen Schnee noch ahnen, dass der Fundort von Stiefeln zerstampft gewesen sein mochte, irgendwelche identifizierbaren Autospuren aber waren auf der nahen Straße nicht zu sehen – wenn wirklich welche dagewesen waren, der Schnee hatte sie längst verweht.

Man musste also einfach suchen, jeden noch so geringen Hinweis in Augenmerk nehmen, jeden nur möglicherweise Verdächtigen festhalten, und so setzte das größte Man-hunting ein, die größte Menschenjagd, die die Staaten seit Jahren gesehen hatten; es begann in Nebraska und Iowa, dehnte sich nach Kansas und Missouri im Süden, nach South Dakota im Norden und nach Colorado im Südwesten aus, und schließlich überspannte das ganze Land ein dichtes Netz von Argwohn und gefährlichem Misstrauen, eine Verunsicherung aller gesellschaftlichen Empfindungen und eine Bereitschaft zur Lynchjustiz, die sich am ersten Besten auszulassen drohte.

Aber ich will der Reihe nach erzählen.

Mabel, die schöne Mabel MacFadden, die auch ich einst geliebt hatte, und der kleine Chuck wurden am gleichen Tag bestattet. Ganz Ogallala, soweit es sich nicht am Man-hunting beteiligte (es beteiligten sich aber fast alle jüngeren Männer daran), versammelte sich schon früh auf dem Friedhof und öffnete dem Zug der Trauernden ehrfürchtig eine Gasse – der Trauernden, sage ich, aber sie trauerten alle, und als die Särge sanken, war es ein allgemeines Weinen und Schnupfen in der winterlichen Stille des Vormittags, und sogar die Stimme des Geistlichen, die weithin klang, als lauschte ihr die ganze Natur, brach mitten in einem Satze ab und schluchzte: Einen so starken Eindruck hatte die Entdeckung und Folge der Untat nach der langen Spannung auf die Menschen gemacht.

Der Doktor aber stand stumm und betäubt, vielleicht war er der Einzige, der keine Rührung zeigte, es war, als sähe er gelähmt dem Treiben von Irrsinnigen zu. Dann wandte er sich nicht schnell, doch unvermittelt ab, gerade so, wie er sich vom Leichnam seines Sohnes abgewandt hatte, und ging zwischen der beiseite tretenden Menge der Trauergemeinde hindurch. Nach einigen Schritten jedoch machte er halt und kam wieder zurück; er nahm meinen Ellenbogen und sagte, indem er nachdenklich seinen Kopf senkte:

»Sie könnten meine Schwiegermutter und die Kinder mitnehmen.«

Er sah mich an und fragte:

»Sie fahren doch nach Chikago?«

Ich erwiderte, dass man es zuhause besprechen könnte. Er nickte und wandte sich wieder ab; dieses Mal ging ich ihm nach, und als ich an seiner Seite war, fuhr er im gleichen Tone fort:

»Ja, das wird das Beste sein.«

Um es kurz zu machen: Der Doktor erwachte, solange ich bei ihm war, nicht aus seiner Halbbetäubung, er bat nur von Zeit zu Zeit, ihn sich selbst zu überlassen, und nach seinem Wunsch und Willen verließen wir, Virginia, Clark und Mabels Mutter, die zum Begräbnis von Tochter und Enkel herbeigekommen war, Ogallala mit dem »Superchief« und reisten meiner Heimatstadt Chikago zu, ehe noch die Verstorbenen vierundzwanzig Stunden unter der Erde lagen.

Drei Tage lang hockten wir vier ratlos zusammen, und noch immer konnte ich mich nicht entschließen, mich wieder an meine Arbeit zu machen; da kam mit der Morgenpost des vierten Tages, zugleich mit der Zeitung, ein Brief Doktor Watsons. Von diesem Brief werde ich niemals ein Wort vergessen, und da sein Inhalt das letzte Kapitel meiner Geschichte ist, will ich ihn Ihnen hersagen.

Er lautete wie folgt:

Lieber Ben!

Eben, als ich aus dem verfluchten Hause kam, bin ich beim Anwalt vorgegangen und habe Sie für den Fall meines Todes testamentarisch zum Vormund meiner Kinder Virginia und Clark ernannt. Tragen Sie die Belastung aus alter Freundschaft willig und nehmen Sie sich ihrer an; Mrs. MacFadden ist zu alt, zu verbraucht und zu unvernünftig.

Ich schulde Ihnen eine Erklärung, und ich will sie Ihnen geben. Ich bin ohnehin in einer vergleichsweise ruhigen und erlösten Stimmung; das Grauen sitzt mir noch im Nacken, aber auch das wird bald vorüber sein – ich danke Gott, dass die Finger einer Hand genügen, um die Stunden abzuzählen, die ich noch zu atmen habe. In meiner Studentenzeit habe ich oft vom Tode geträumt, nun kommt er so spät und mit so viel Heimweh nach Chuck und Mabel; draußen ist es schon dunkel, und der Schnee fällt lautlos, es ist eine feierliche Stunde – trotz des Grauens, das hinter mir sitzt. Aber ich werde geschwätzig, verzeihen Sie, nehmen Sie es einem alten Manne nicht übel (ich bin älter als Mrs. MacFadden).

Hören Sie also zunächst, was sich hier noch weiter begeben hat. Die Kinder und Sie waren wohl zwei Tage fort (ja, richtig: Es war gestern Morgen), da fand sich im Briefkasten an der Gartenpforte eine Nachricht von Chuck – es war die zweite, die ich seit seinem Verschwinden erhielt. Die erste war mit einem verwischten und ganz unleserlichen Poststempel von irgendwo gekommen, als von seinem Schicksal noch nichts bekannt war; diese aber war unfrankiert in den Kasten geworfen worden, und also musste sich die Person, die sie eingeworfen hatte, zur entsprechenden Zeit in Ogallala befunden haben.

Die Nachricht bestand nur aus wenigen Zeilen, die in Chucks Handschrift auf einen Bogen glatten Briefpapiers geschrieben waren, von dem man den oberen Teil sorgfältig abgeschnitten hatte; bei der ersten war es ganz ebenso gewesen, aber die Schrift war damals noch anders gewesen, obwohl auch diese zweifellos von meinem Sohne stammte. Auf dem Bogen stand das Folgende:

»Liebe Eltern, ich soll Euch sagen, dass es mir gut geht und dass dies mein letzter Gruß an Euch ist, wenn Ihr Euch nicht sehr eilt. Euer Chuck.«

In die Ecke rechts unten war in großer Hast noch ein weiterer Satz geschrieben, der lautete:

»Dad, komm schnell!«

Vielleicht hatte mein armer Junge gedacht, dieser Hilferuf, der ihm offenbar nicht diktiert worden war, würde seinem Quäler entgehen, der aber hatte ihn wohl gerade mit Freuden wahrgenommen.

Nun, als ich diese Worte las, lag Chuck ja lange unter der Erde; dennoch war der Brief angekommen, eine ununterrichtete Mittelsperson konnte es in diesem Falle einfach nicht geben, und so war es klar, dass das Ganze aus Quälerei geschah, denn welche Qual mir dieser Brief war und besonders das Sätzchen in der Ecke, das fühlen Sie wohl.

Es wird Ihnen nicht entgangen sein, dass die Gerüchte im Zusammenhang mit dem Unglück, das uns betroffen hat, etwas halb Närrisches, halb Geniales an sich hatten, indem sich nämlich darin fast jedesmal irgendeine völlig unhaltbare Behauptung mit einer anderen verband, die sich später als zutreffend herausstellte; so war von vornherein von einer Geflügelfarm gemunkelt worden, man hatte von Downs Festnahme gewusst, bevor sie bekannt wurde, und von meinen Verhandlungen, über die ich nie ein Wort verlauten ließ, und es war auch gesagt worden: Dadurch, dass ich »neue« Beweise für das Wohlbefinden meines Sohnes verlangte, hätte ich die Angelegenheit in den entscheidenden Tagen verzögert, ich hätte nicht rasch genug gehandelt.

Nun weiß Gott, dass ich getan habe, was in meinen Kräften stand, um das Leben meines Jungen zu retten, aber etwas ist doch daran – ich habe falsch gehandelt.

Wie oft, wenn wir, Sie und ich, in der Klinik vor einem schwierigen Fall standen und wir uns die Dinge nicht zusammenreimen konnten, habe ich Ihnen gesagt: Man muss, was man gesehen und empfunden hat, in sich wirken lassen, das meiste und gerade das Wichtigste geht häufig nicht bis ins Bewusstsein, aber später meldet es sich von selbst, man muss nur auf sich hören können. So habe ich auch in dieser Sache von allem Anfang an Bescheid gewusst, in jenen dunklen Bezirken des Wissens, wohin die Gedanken selten dringen; ich wusste den Täter, wie man einen Namen weiß, auf den man nicht kommen kann, und obgleich ich immer so klug gewesen war, stellte ich mich doch gerade so an, wie sich ein undisziplinierter Mensch in einem solchen Falle anzustellen pflegt, ich wollte es unbedingt und sogleich herausbekommen, und mit meiner fortdauernden hysterischen Fragerei übertönte ich die Stimme, die die Wahrheit wusste und sie sagen wollte.

Deshalb, weil ich im Grunde Bescheid wusste, glaubte ich auch Down sogleich, als er behauptete, von Chucks Ergehen nichts zu wissen; er widersprach in allem dem Bilde, das ich hatte, ohne es doch fassen zu können, und das mich auf irgendwelche mystischen Urgründe hinwies – denn dass hier das Schicksal selber tätig war, war mir gewiss, schon weil ich es seit Jahren erwartet hatte, nicht gerade in dieser Form, aber doch irgendwie, und ich hatte das Schicksal zu betäuben versucht, viele Male, so während des letzten großen Bankkrachs, an dem ich aus purer Mutwilligkeit, wie es jedem Außenstehenden scheinen musste, drei Viertel meines Vermögens verlor, und jetzt, indem ich ziemlich bedeutende Summen an Leute hergab, die mich dumm machen und mir erzählen wollten, von ihnen hinge Leben und Tod meines Kindes ab; ich wusste aber, dass dies alles nur Farce war.

Allerdings musste sich auch das Schicksal, das nun endlich seinen Willen hatte, eines menschlichen Werkzeugs bedient haben, aber es musste jemand sein, der in irgendeiner ferneren oder näheren Berührung mit meinem Leben gestanden hatte – und auch diesen Hinweis hatte das Gerücht schon erteilt, indem es die Tat einem Wahnsinnigen zusprach, der sich an mir hätte rächen wollen.

Der Brief Chucks, dieser angsterfüllte letzte Gruß, brachte mir endlich Klarheit – das heißt: Zuerst erfüllte er mich natürlich nur von Neuem mit Trauer und Schmerz und einem abgründigen Ekel, aber als sich diese Gefühle gesetzt hatten, fing mein Hirn, mein Instinkt – ich weiß nicht, wie ich diese Apparatur nennen soll, die Intellekt und tieferes Wissen verkuppelt, wieder zu arbeiten an, und es schien mir, dass es gerade das Papier, seine Art wäre, die mich der Lösung des Geheimnisses näherbringen müsste. Allerdings war es genau dasselbe Papier, auf dem auch die erste Nachricht gekommen war, und damals hatte es mir gar nichts gesagt, aber jetzt schien es mir ungeheuer wichtig. Ich strengte all meinen Scharfsinn an und verfiel in Grübeln, ich befühlte das Papier mit den Fingern und betrachtete es wieder und wieder, ich schlief die ganze Nacht keinen Augenblick, und als der Morgen kam, saß ich vorm Kaminfeuer und starrte hinein, mein Hirn fing von dem Anblick der züngelnden Flammen und Flämmchen müde zu werden an, fast wäre ich eingedämmert, da war es mit einem Mal geschehen, der Funke war endlich übergesprungen.

Zuerst saß ich ganz still mit aufgerissenen Augen, ich wagte vor meiner Erkenntnis kaum zu atmen (denn Zweifel hatte ich gar nicht), aber dann sprang ich auf, ich jagte im Auto zur Polizei, und Ryppins, der Chef, fragte nicht lange, er gab mir Leute mit, so viel ich wollte, und wir machten uns auf den Weg, auf den es mich mit unwiderstehlichen Kräften zwang, obzwar ich auch von Angst und Grauen erfüllt war, denn es war nun wirklich das Ende.

Ein wenig außerhalb der Stadt, etwa sieben Minuten von meinem Besitz entfernt, liegt an der Straße nach Red Oak ein einzelnes altes Haus mit einem halbverfallenen Schuppen daneben – ich weiß nicht, ob Sie sich erinnern, es gesehen zu haben. Es hatte, als ich nach Ogallala kam, seit Jahren leer gestanden und stand auch später noch Jahre lang leer; es gehörte keinem persönlichen Besitzer, sondern irgendeiner Testamentsverwaltung, glaube ich, die sich wohl keine allzu große Mühe damit gab. Ein geheimnisvoller Ruf von Unheil, Verbrechen und Spuk umwitterte das Haus seit je, aber vor anderthalb Jahren, nach dem letzten großen Bankkrach, hatte es plötzlich einen Mieter bekommen: Ein älterer alleinstehender Mann zog hinein.

Dennoch veränderte sich das unheimliche Aussehen des Hauses in keiner Weise; spitzgiebelig, mit einstmals wohl graugrünen, jetzt aber längst farblos gewordenen Holzwänden stand es da und glotzte mit leeren Fensteraugen auf die öde Straße, und als mich nach dem Verschwinden Chucks einer der Wege vorbeiführte, die ich um meiner Sammlung willen unternahm, kam mir im Vorübergehen das Gefühl: Wie kann einer hier wohnen, was für ein Mensch muss das sein! Nicht, dass ich nicht gewusst hätte, wer dort wohnte, ich wusste es seit Jahr und Tag, aber jetzt fiel es mir ein, und es befremdete mich für einen Augenblick. Dies war einer der Fingerzeige, die uns der Instinkt in seiner Geheimsprache zu erteilen pflegt, ich aber verstand ihn nicht, auch nicht, als sich das Haus wegen einer weiteren Erscheinung, von der ich noch erzählen werde, später nochmals wieder in meine Erinnerung drängte, ich empfand es jedesmal als Störung – und bedenken Sie: Es wäre noch nicht zu spät gewesen, die Warnung kam zur rechten Zeit!

Dorthin also begab ich mich mit Ryppins' Leuten. Das Grundstück war nicht umzäunt, kein Pfad, nur eine in den Schnee getretene schmale Spur von Fußstapfen führte zum Eingang. Die beiden Frontfenster waren völlig eingefroren, und ein Druck auf den Klingelknopf gab keinen Ton, der etwa im Innern zu hören gewesen wäre. Wir machten uns sogleich und zwar hastig, als könnten wir noch irgendetwas ausrichten oder verhindern, daran, die Türe aufzubrechen. Es gab ein paar trotzig splitternde und dann ein klagend quietschendes Geräusch, als sie nachgab, was indes fast sofort geschah, da sie vor Alter ganz undicht und mit einem einfachen Schlosse nur einmal zugeriegelt war.

Ein Dämmer, der vom Schneelicht draußen kalt erhellt war, empfing uns. Auf den ersten Blick hätte man meinen können, dass dort am Tisch jemand säße, in schiefer Haltung, mit lauschendem Ohr, dem Eintretenden mit dem Rücken zu; es war jedoch nur ein Mantel, den man in einen alten Korbsessel geworfen und auf dessen hochstehenden Kragen man einen steifen schwarzen Hut gestülpt hatte. Man fühlte, kein lebender Mensch war in diesem Hause. Freilich, auf dem Tisch stand in einem als Eierbecher benutzten Schnapsglas ein halb aufgegessenes Ei mit geronnenem Gelb, der gebrauchte Löffel und ein paar abgenagte Brotrinden lagen noch daneben. Aber über alles war der Staub von Tagen gefallen, und die Schmutzschicht glimmerte frostig.

Die Tür zum nächsten Raume stand offen, und während der erste wenigstens noch ein paar ärmliche Möbelstücke gehabt hatte, war dieser und die Küche, die sich daran schloss, völlig leer. Von hier führte eine niedrige Tür, die angelehnt stand, aber festgefroren war, auf den Hinterhof oder, besser gesagt, einfach ins Freie, denn es dehnte sich dahinter ohne jede Unterbrechung die verschneite Prärie.

Aber an der Rückwand des Hauses war eine überdachte hölzerne Treppe, die stiegen wir empor. Der Bodenraum war dunkel, weil die beiden Luken vom Schmutz der Jahre erblindet waren, wir tappten vorwärts und kamen abermals vor eine kleine Tür; sie war verriegelt, gab aber unserem Brecheisen sofort nach, und wir standen für einen Augenblick still.

Da hing der Mensch, den wir so lange gesucht hatten, in einer Schlinge vom Dachbalken herab und glotzte uns mit seinen herausgequollenen Augen viehisch und unheimlich an, denn er war uns zugewandt, als hätte er uns erwartet.

Chirurgische Instrumente, Messer, Zangen, alles mit Blut beschmiert, eine ledergeflochtene Hundepeitsche, verschiedene Rollen zentimeterdicken Taus und außerdem eine Unzahl großer und zarter Kotelett- und Geflügelknochen, die restlos abgenagt waren wie von einem Hunde oder einem gierigen Affen, waren über eine verwühlte rotgestreifte Matratze und über den Boden verstreut, und in der Ecke lagen in einem Häufchen die Kleider, die mein armer Chuck getragen hatte – die kleinen schwarzen Hosen, das Jäckchen und alles –, und darüber war der Stuhl gestürzt, den der idiotische Schuft unter sich weggetreten hatte, als er seinem verfluchten Leben ein Ende machte.

Übrigens war es in dem entsetzlichen Gemach unbeschreiblich dreckig und stinkig, ein Petroleumofen uralten Modells, wie es bei uns schon lange nicht mehr im Gebrauche ist, stand noch glimmend unter dem kleinen quadratischen Fenster und machte die verpestete Luft warm und stickig, so dass man kaum atmen konnte und einem übel wurde von der infamen Atmosphäre, die der Schmutz, die eingetrockneten Blutlachen und das ungelüftete Matratzenlager ausströmten.

Jemand führte mich am Arm hinaus. Ich stolperte die Treppe hinab, doch dann drängte ich mich, dem Widerstrebenden zum Trotz, zu dem Schuppen, und dort sahen wir einen hochräderigen alten Ford stehen; ich wusste sofort: In diesem Wagen hatte man den Leichnam meines Sohnes auf Johnsons Farm gebracht, »nackt und in Laken gewickelt«, wie das Gerücht gesagt hatte, denn stellen Sie sich vor: Nicht einmal die blutbefleckten Laken zu verbergen hatte dieser Mensch für nötig befunden, sie lagen achtlos zusammengeknäuelt auf dem Boden des Wagens, wie er sie an jener Stelle beim Gestrüpp hineingeworfen hatte – so sicher fühlte er sich, und das quälte mich fast am allermeisten, denn ich hätte es doch wissen müssen, ich hätte es verhindern können!

An Hinweisen hatte es das Schicksal weiß Gott nicht fehlen lassen, aber dass sie sich gerade in dieser und überhaupt in einer so furchtbaren Weise bewahrheiten könnten, daran hätte ich nie gedacht, und das kam daher, weil der betreffende Mensch in meinem Leben bei Weitem nicht die Bedeutung hatte wie ich in dem seinen – und das werden Sie häufig finden, dass ein Mensch einen anderen für »sein Schicksal« hält, der aber merkt es gar nicht, bis er eines Tages durch irgendeine Tat dieses Menschen, und meistens eine schlechte, zu der Einsicht gezwungen wird, dass er jenem ungeheuer wichtig war, und nun haben sich die Rollen vertauscht: Der Unbeachtete ist in des Achtlosen Leben zum »Schicksal« geworden.

Als ich mich entschloss, die Leitung des Hospitals in Chikago aufzugeben und nach Ogallala zu über-

siedeln, gab das, wie Sie sich erinnern werden, eine Befremdung und Erregung, die sogar von der Presse aufgegriffen wurde, und dass ich dementsprechend sehr auffällig in Ogallala angekündigt war, wird Sie nicht wundernehmen. Ich hatte hier aber keinerlei besonderen Ehrgeiz, ich wollte niemandem etwas wegnehmen und mich mit allen freundlich stellen.

So machte ich, bevor ich noch meine Sprechstunde (eine Stunde am Tage) eröffnete, bei allen Kollegen Besuche und wurde auch mit jener neidgemischten Liebenswürdigkeit empfangen, die jedermann kennt, der seine Sache versteht. Nur eine Tür blieb mir verschlossen, und das war die O'Bradys; ich hielt es für einen Zufall oder Irrtum, wiederholte den Versuch und wurde ein zweites Mal abgewiesen, dieses Mal mit der Bemerkung:

»Herr Doktor will Sie nicht sehen.«

Das war gewiss ungewöhnlich, aber doch leicht zu erklären: O'Brady praktizierte in meinem Revier, er hatte von Woche zu Woche das schöne Haus aufwachsen sehen, das ich mir hier baute, und sein Neid und seine Beunruhigung mussten umso größer sein, als seine eigene Praxis ohnehin im Rückgang begriffen war, dabei hatte er früher einen nicht geringen Ruf als Arzt genossen, aber eine gewisse ungute, kalte und trotzdem heftige Art, mit den Patienten umzugehen, und eine ausgesprochene Brutalität verscherzte ihm diesen Ruf – man sagte nämlich, es mache ihm offenbar Freude, seine Kranken leiden zu sehen, er führte kleinere Operationen, Schnitte und Bruchrichtungen grundsätzlich ohne Narkotika und, so wurde wenigstens behauptet, auch dann aus, wenn sie vielleicht nicht einmal unbedingt nötig gewesen wären.

Schließlich ging mich dies alles nichts an, mir tat der Mann eher leid, denn ich weiß aus eigener Erfahrung, was gerade über einen nicht durchschnittlichen Arzt alles geredet wird.

Ich hatte daher den kleinen Vorfall lange vergessen, als eines Tages ein Patient zu mir kam, von dem ich nicht wusste, dass er vorher bei O'Brady in Behandlung gewesen war. O'Brady aber erfuhr davon (er lag vielleicht damals schon auf der Lauer), und er schrieb mir einen Brief, wie ich selten einen empfangen habe, so voll Wut, Hass und Drohungen. Ich überlegte, ob ich den Brief der Polizei oder einem ärztlichen Ehrengericht übergeben sollte, nahm aber davon Abstand, denn ich war ein glücklicher Mensch, und ich wollte meinen Frieden.

Damals fiel mir übrigens auf, dass O'Brady mit seiner medizinischen Wissenschaft durchaus nicht mehr auf der Höhe sein musste, er hatte nämlich eine ganz unverständlich falsche und sogar gefährliche Behandlungsmethode in Anwendung gebracht, aber auch das ging mich schließlich nichts an, und ich schwieg.

Ich schwieg auch dann noch, als ich durch weitere Patienten, die von ihm zu mir übergingen, so zurückhaltend ich mich auch betrug, wieder und wieder erfuhr, dass er schlecht über mich sprach und sich bisweilen gar in Anschuldigungen erging, die genügt hätten, ihn sofort wegen schwerer Beleidigung und noch anderer Delikte anzuklagen und ihn unschäd-

lich zu machen. Aber schließlich zogen sich die Dinge über die Jahre hin, und ich sagte mir: Was kann ein solcher Mensch mir schaden? Das sagen wir wohl und wissen nicht, was wir tun, und je länger wir es sagen, desto gefährlicher wird so ein Mensch, den wir aus Verachtung schonen, denn auch das verstärkt noch seine Wut.

Ich weiß nicht, ob Ihnen bekannt ist, dass mein armer Chuck einmal eine grässliche Prügelei mit dem kleinen O'Brady hatte, der, nebenbei, ein braver Junge war. Chuck war ein Gentleman, er hatte bei aller Liebenswürdigkeit etwas von der Wortkargheit und Sprödigkeit meiner geliebten Mabel, so sprach er nie über den Anlass zu dieser Prügelei; dass er sich aber um seinetwillen nicht geprügelt hat, weiß ich, denn darin war er mir ähnlich, er ließ die Dinge gerne laufen, er hatte es also um einer anderen Person willen getan, und ich bin sicher, diese Person war ich, und der kleine O'Brady hatte irgendetwas von seines Vaters Äußerungen über mich wiederholt; dafür hatte Chuck ihn gezüchtigt und sich dann mit ihm versöhnt.

Sie befreundeten sich daraufhin innig, der kleine O'Brady kam manchmal in unser Haus, bis es ihm verboten wurde; aber dann spielten sie eben anderswo zusammen, und ihre Freundschaft litt nicht mehr darunter.

Bald darauf traf O'Brady ein wirkliches Unglück: Er verlor bei dem letzten großen Bankkrach fast sein ganzes Vermögen, und das war umso schlimmer für ihn, als er so gut wie gar keine Praxis mehr hatte.

Man sagt, ein Unglück komme selten allein, und in diesem Falle war es jedenfalls so, denn es geschah zur Zeit der schlimmen Grippeepidemie, während O'Bradys Frau, an der er in einer Art höriger Liebe gehangen zu haben scheint, und sein Junge im Hospital schwer darniederlagen und dann im Verlaufe einer Woche beide starben.

Das war gewiss ein furchtbarer Schlag – ein einstmals wohlrenommierter, vermögender Arzt mit einem guten Familienleben, und nun plötzlich arm, vereinsamt und durch einen ruinierten Ruf an jedem nennenswerten Erwerb verhindert –, aber seine Reaktion war doch gar zu heftig und besonders zu unsinnig, er behauptete nämlich und erzählte überall in der Stadt herum: Ich hätte aus altem Hass seine Frau und seinen Jungen während ihrer Krankheit nicht richtig versorgt und sie also umgebracht. Nun tat ich zwar wie jeder andere Arzt um diese Zeit meine Pflicht im Spital, die beiden aber hatten gar nicht zu meinen Patienten gehört.

Zuerst hatte ich noch Mitleid mit dem Manne, um des Schweren willen, das sein Leben zerstört hatte; als indessen das Gerede überhaupt nicht aufhören wollte, beschloss ich, der Sache im Guten oder im Bösen ein Ende zu machen. Ein paarmal versuchte ich, ihn in seinem Hause zu stellen, wurde aber nicht vorgelassen, und das letzte Mal, als ich mich eben abwandte und der Gartenpforte zugehen wollte, wurde hinter mir ein Fenster aufgerissen, und O'Bradys Gesicht stand hasserfüllt in dem Rahmen, er schüttelte die Faust und schrie:

»Dafür werden Sie büßen, ich verspreche es Ihnen!«

Ich schrieb ihm einen Brief, in dem ich ihm sagte, dass ich dieser Sache nun nicht länger zuzusehen gewillt wäre, dass ich sie beim nächsten und geringsten Anlass den Gerichten übergeben und dass ich auch davor nicht zurückschrecken würde, ihn auf offener Straße zu verprügeln, denn ein Instinkt sagte mir, dass ihm diese Drohung am ehesten einleuchten würde.

Daraufhin wurde es mit einem Schlage still – heute muss ich sagen: unheimlich still, aber damals war ich sehr zufrieden mit dem Erfolg, und ich hielt die Angelegenheit für erledigt, obgleich er mir noch einmal drohte, aber auf eine so lächerliche, ja komische Weise, dass ich es wirklich nicht ernst nehmen konnte, zumal es allmählich stadtbekannt wurde, dass O'Brady närrisch geworden war.

Damals hatte er gerade den kleinen Besitz, der ihm geblieben war, zu Geld gemacht und das verlassene Haus vor der Stadt gekauft; dort führte er ein völlig abgeschlossenes Leben, Patienten, selbst wenn welche zu ihm kommen wollten, aus Neugier oder sonst einem Grunde, empfing er nicht mehr, nur zuweilen erschien er in der Stadt und machte sich durch sein Betragen und seinen Aufzug zum Ulk für die Gassenjungen und auch für das ältere Volk; es war ja eigentlich nichts zum Lachen, dieses zugrunde gerichtete Leben, und eigentlich sah er auch nicht komisch, sondern eher spukhaft aus: Er hatte nämlich weder auf dem Kopfe noch im Gesicht auch nur ein einziges Haar, Tausende von Fältchen ersetzten die Brauen und umspielten die runden grauen Augen, über denen die wimperlosen Lider lichtscheu zuckten, seine Ohren standen weit ab, und er war mit Jungenspumphosen, unordentlichen Wickelgamaschen und einem ganz kurzen Lodencape bekleidet; da nun außerdem seine Glieder mit den Jahren seltsam eingetrocknet waren, während sein Rumpf und namentlich der Rücken ungeheuer breit erschien, wirkte er mit seinen fahrigen Bewegungen wie ein riesiges Insekt, das sich auf die Hinterbeine erhoben hat und nun aufrecht weiterläuft.

In dem beschriebenen Aufzuge befand er sich auch an dem Tage, als er mir das letzte Mal drohte. Ich kam zusammen mit Chuck die Mainstreet herauf, da bemerkte ich, dass er in seinem hochräderigen alten Ford, der am Straßenrand wartete, sich duckte und uns entgegenlugte; wir gingen vorüber, aber nach einer Weile wandte ich mich um und sah, dass er dem Wagen entstiegen war; nun stand er mitten auf dem Bürgersteig und drohte mit einem alten unaufgerollten Regenschirm hinter uns her, ringsherum hatten sich die Leute angesammelt und schauten ihm lachend zu; Chuck aber (von dem man immer lernen konnte) hatte sich nicht umgedreht, sondern er sah geradeaus, mit zusammengebissenen Zähnen, wie es seine Art war.

Nun frage ich Sie, hätten Sie an einen so verblödeten und vergreisten Narren, von dem Sie jahrelang sozusagen nichts gehört haben und der dann auf offener Straße mit einem alten Regenschirm hinter

Ihnen herdroht, in einem solchen Falle gedacht – besonders nachdem Sie ihn wieder anderthalb Jahre nicht einmal mehr zu Gesicht bekommen haben? Und wenn Sie selbst an ihn gedacht hätten, hätten Sie ihn einer so viehischen Tat, einer solchen Grausamkeit und infernalischen Bosheit für fähig gehalten?

Allerdings war es wohl nicht alles Berechnung, der Zufall spielte vielmehr seine infame Rolle: Der Zufall führte diesem vertierten Menschen ganz plötzlich und unerwartet einen trefflichen Gegenstand für die Rache in den Weg, die vielleicht seit Langem der einzige Traum und Inhalt seines elenden Lebens geworden war. Dessen nämlich bin ich sicher, dass Down die Wahrheit sprach, als er sagte, er habe Chuck »betäubt« und zwar durch einen Faustschlag gegen die Schläfe; mit dem Morgen stolperte dann Chuck wohl die verlassene winterliche Waldstraße entlang, und O'Brady kam aus Gott weiß welchem Grunde in seinem lächerlichen alten Ford daher.

Da sah er die große Möglichkeit, die Erfüllung seines lang gehegten Wunsches – das heißt, ich glaube nicht, dass er vornherein an Folter und Mord gedacht hat, sondern er wollte ihn und mich wohl ein bisschen quälen, ihn festhalten und sich an dem Gefühl weiden: Jetzt spüren sie meine Macht. Als er dann aber sah, in was für eine Sache er unversehens hineingeraten war, hatte er wohl einerseits Angst, die Täterschaft könnte auf ihm sitzen bleiben, und andererseits wuchs sein Verlangen zu quälen – oh, er war ein idiotischer und verschlagener alter Schuft, er verfolgte die Anzeigen in den Ogallala-News und foppte uns mit dem Briefchen, das Chuck schreiben musste, und je länger er dies alles trieb, desto gefährlicher wurde es für ihn, die Beute herauszugeben, und er bekam immer mehr Lust, sein verödetes idiotisches Leben mit aller Art Quälereien, Auspeitschungen und Folterungen erregend und amüsant zu machen – ich sehe es vor mir, als wäre ich dabei gewesen, schon die Patienten hatten gesagt, dass er gerne quälte, er war wie ein schwachsinniges Kind, das ein hilfloses Tier quält, bis es tot ist.

Als es aber geschehen war, stand sein Dasein wieder leer wie ein verpestetes Kellerloch, nichts war ihm geblieben. Da trug er das zweite Briefchen, das er vorher zu befördern vielleicht vergessen hatte (vielleicht aber hatte er es auch absichtlich aufbewahrt), zum Kasten, und nun war alles getan.

Es ist eine so unsäglich gemeine Geschichte – wären Sie darauf gekommen? Ich habe nicht so eine Phantasie, wiewohl ich mir immer eingebildet habe, die Gemeinheit und Hinterhältigkeit dieser Welt zu verstehen: Sie ist aber viel gemeiner, als auch der gemeinste Mensch ausdenken kann.

Ich habe Ihnen gesagt, als Chuck schon verschwunden war, kam ich an O'Bradys Haus vorüber, und ich dachte: Was für ein Mensch muss das doch sein, mein Gott, und was für ein Leben führt er wohl; aber das dachte ich nur nebenbei und dachte es von einem, der ganz am Rande meines Lebens stand und den ich als alten Narren in meinem Hirn registriert hatte – und sehen Sie, insofern, als er für mich überhaupt in eine bestimmte Kategorie

Menschen gehörte, stand er mir doch wieder zu nah: Die langen Jahre hatten mein Misstrauen eingeschläfert.

Und ich kam später noch einmal an dem Hause vorbei, war aber ganz in Gedanken versunken und vom Grübeln abgelenkt; als ich jedoch heimkam, drängte sich mir in einem verwischten Bilde die Vorstellung auf, als hätte O'Brady aus dem Dachfenster geschielt; ich sah nicht eigentlich sein Gesicht, und doch hatte ich den dunklen Eindruck, dass seine rechte Backe verletzt war, durch eine lange Kratzwunde, die sich vom Ohr herabzog. Ich fand es geradezu absurd, dass diese unwichtige Sache mir im Hirne haften geblieben war, und ich sagte mir: Was für ein dummer Zufall überhaupt, dass ich noch einmal an diesem ekelhaften Haus vorüberkam, was geht mich dieser alte Idiot an!

Dies war am Morgen des gleichen Tages, an dem man Chuck fand, ich brachte die Dinge aber in keinerlei Zusammenhang, und meine Erregung war auch viel zu groß, als dass ich alles und besonders mich selbst bis in die Tiefe hätte prüfen können.

Und noch einmal erhielt ich einen Fingerzeig und begriff ihn nicht. Mabel, meine geliebte kleine Mabel, nannte nämlich in ihren Fieberphantasien O'Bradys Namen, und ich dachte nichts anderes, als dass sie den toten Sohn O'Bradys meinte und sich vielleicht in ihren armen kranken Gedanken des Bildes erinnerte, wie Chuck einmal auf dem Friedhof gestanden und sich gesenkten Hauptes am Grabe des Freundes hatte einschneien lassen.

Nein, ich wäre wohl nie auf die Wahrheit gestoßen, wenn O'Brady seine Schuftigkeit nicht auf die Spitze getrieben und mir noch jenes letzte Briefchen Chucks in die Hände gespielt hätte; an dem Briefchen aber war es etwas ganz Gleichgültiges und Allgemeines, was mich schließlich den Zusammenhang erkennen ließ – es war eine Art Papier, wie Ärzte es lieben, glatt, ein bisschen anspruchsvoll dick und kühl und vornehm, ein Papier, auf dem Rechnungen, Gutachten und Atteste sich gewichtiger ausnehmen, weniger zum Widerspruch reizend und fast amtlich, und den Kopf hatte man abgeschnitten, weil offenbar Adresse, Name und Sprechstundenzeit darauf gestanden hatten. Natürlich hätte es auch das Papier eines Anwalts oder eines Kaufmannes sein können, aber ich verfiel, weil mir das am nächsten lag, gerade auf einen Arzt, und plötzlich musste ich mich bestimmter Schnitte erinnern, die ich an dem armen Körper Chucks gesehen hatte, obwohl ich mich zwang, nicht allzu genau hinzusehen, und mit einem Mal wusste ich: Ein Arzt hatte es getan, und wusste, dass es O'Brady gewesen war, und alles andere wusste ich, alles bis auf die kleinste Einzelheit.

Hören Sie, lieber Ben, ich bin am Ende, mit diesem Brief und überhaupt. Da ich nun fertig geschrieben habe und die Gestalten verschwunden sind, die guten und die bösen, ist nichts als Stille geblieben. Der Schnee fällt lautlos. Ich werde noch einmal durch die Straßen der Stadt gehen, ich habe noch eine Viertelstunde Zeit, aber es duldet mich nicht länger in diesem Hause, dessen Verlassenheit mich mit Angst erfüllt.

Nehmen Sie sich meiner Kinder an – und leben Sie wohl.

Wie es Euch allen wohl ergehen mag in dieser Welt, in der das Grauen in jeder Ecke sitzt.

Dieses war der Brief Doktor Watsons, eine Unterschrift hatte er nicht.

Wir, Virginia, Clark und ich kamen noch einmal in die Stadt, um den Freund und den Vater zu Grabe zu tragen; er hatte sich nämlich bei der Sektion O'Bradys, die er sich ausbedungen hatte, infiziert. Nichts mehr als vielleicht hier und da eine flüchtige Erinnerung in den Gedanken der Menschen, die dort schnelllebig sind wie überall (denn sie sind ein kleines Geschlecht), kündet noch von der großen Missetat und dem erbärmlichen Unglücklichsein – es ist ein Ort wie andere auch, ein Städtchen am Rande der Prärie von Nebraska.

Der Doktor hatte zu erzählen aufgehört, wir sahen beide in die Nacht hinaus. Vorn hörte man die Lokomotive unermüdlich ihre Arbeit tun, und eine schwarze Rauchfahne stand schräg über den weißen Eisfeldern; darüber aber wölbte sich glasklar und von feurigen Sternen funkelnd der ewig unberührbare Himmel.

Joachim Maass
Einleitung zu *Der Schnee von Nebraska*

1957 kam Joachim Maass aus den USA für mehrere Monate in die Bundesrepublik. Der Verlag Kurt Desch hatte für ihn Lesungen (meist in Funkanstalten) arrangiert, die ihn nach Köln, München, Berlin, Hamburg, Hannover und Frankfurt führten. »Ach, diese Toberei ist nichts für mich, ich bin zu alt, zu müde dazu«, heißt es im November 1957 in einem Brief an Marie Renée Luft in New York. Im Zusammenhang mit der Deutschland-Lesereise dürfte die Einleitung zu *Der Schnee von Nebraska* entstanden sein. Das undatierte und bisher unveröffentlichte Typoskript hat sich in seinem Nachlass erhalten.

Meine Damen und Herren,

im Winter1936/37 fuhr ich, um das Land kennenzulernen, das meine neue und später sehr geliebte Heimat werden sollte, von der Ostküste Amerikas durch den ganzen Kontinent nach dem Westen; verbrachte ein paar Monate in Hollywood, Santa Barbara und San Francisco; und reiste die nördliche Route über Salt Lake City zurück nach dem Osten. Der Eindruck, den die vieltägige Reise auf mich machte, war gewaltig, aber zufolge der ungeheuren Leere der durchmessenen Landstrecken schwer in Bilder, Gedanken oder Worte zu fassen. Gegen Mitternacht kam ich in New York an und schlief, erschöpft von den vielen unverarbeiteten

Eindrücken, bis tief in den nächsten Tag hinein, so dass, als ich endlich aufstand, die Freunde, in deren Hause ich wohnte, bereits ausgegangen waren. Ich wusste aber in diesem Hause Bescheid und ging durch das leere Esszimmer in die Küche, um mir mein Frühstück zu bereiten. Während ich dabei war, fiel mir ein, dass ich auf dem Esszimmertisch im Vorbeigehn eine Zeitung und auf dem Zeitungsblatt ein Bild gesehen hatte, das mich seither – gewissermaßen im Unterbewussten – beschäftigte. Ich ging ins Esszimmer zurück und betrachtete es genauer. Es war das Bild eines auffällig schönen, etwa zehnjährigen Jungen und trug als Unterschrift den Namen Jerry Mattson. Dieser Name war damals in Amerika in aller Leute Munde; sein rätselhaftes und wahrscheinlich grausames Schicksal hielt das ganze Land in Atem, und auch ich hatte während meiner langen Reise von ihm gehört. Als ich nun in dem einsamen Hause das liebreizende und unschuldige Gesicht sah, geschah mir's, dass plötzlich die bisher ungefügen Reise-Eindrücke mit dem dunklen Schicksal des schönen Knaben zu einer Art mystischer Einheit zusammenschossen. Und kurz: Auf der Überfahrt von Amerika nach Europa, der stürmischsten Überfahrt, die ich je erlebt habe, schrieb ich die Geschichte auf, die ich Ihnen heute Abend vorlesen möchte.

Es ist, seit ich sie schrieb, also manches Jahr verstrichen; inzwischen habe ich Amerika unvergleichlich gründlicher kennengelernt, und doch stehe ich unvermindert zu der Geschichte und den Eindrücken, aus denen sie entstand. Gerade deswegen möchte ich sie Ihnen ja vorlesen. Über ihre Entstehung habe ich Ihnen aber erzählt, um einem Missverständnis vorzubeugen. Das Amerika, von dem meine Geschichte berichtet, ist nicht das Amerika, von dem man allgemein weiß. Nicht Amerika als junge Weltmacht und als gewaltiges Industrie-Imperium, nicht die riesenhaften Kornkammern des Mittleren Westens, nicht die fantastische Wüstenschönheit Arizonas und des Grand Canyon und nicht die romantische Felsküste Kaliforniens. All das gibt es natürlich, es ist vorhanden und spielt seine Rolle in der Welt. Aber dahinter steht ein anderes Amerika, ein heimliches und unheimliches Amerika, von dem auch dann und wann wohl einmal die Rede ist, weil es sich ganz doch nicht verbergen lässt. Wer hätte nicht gelesen und wüsste nicht von dem strangulierenden Tropenklima der Südstaaten, von den mörderischen Hitzewellen, die über den Mittleren Westen und den Osten hinbranden? Wer hätte nicht einmal gehört von den furchtbaren Schneestürmen, in denen man im Gebirge vereist und die Überlandzüge tagelang hilflos stecken bleiben, oder von den sintfluthaften Überschwemmungen, mit denen zur Zeit der Schneeschmelze die großen und die kleinen Ströme zuweilen ganze Städte verschlucken und ganze Länder verschlammen?

Dieses Amerika also ist es, von dem meine Geschichte Ihnen erzählt, und es liegt ihr fern, Sie glauben machen zu wollen, es wäre das *ganze* Amerika, das sie darstellen will. Gott behüte, nein! Sie möchte Ihnen nur berichten, dass hinter dem tätigen, modernen, fortschrittlichen Amerika eine dämonische Macht steht, eine Übermacht der Natur, die schicksalbildend und selber Schicksal ist. Die Natur als Schicksalsmacht, dergleichen der Europäer eigentlich fast nur noch vom Hörensagen kennt, ist in Amerika noch zu erleben; und in den manchen Jahren, die ich nun dort drüben verbracht habe, ist es mir immer mehr zur Überzeugung geworden, dass man das schwierige Wesen des amerikanischen Menschen gar nicht begreifen kann, wenn man nicht das Menschenbildnerische in dieser Schicksalsmacht begreift. Der Drang, sich ablenken zu lassen; die sonderbare Resignation ins einmal Gegebene, dem man sich sozusagen auf Gnade und Ungnade überantwortet weiß; der Lakonismus und die Schweigsamkeit und vor allem auch die große Güte und Hilfsbereitschaft des amerikanischen Menschen – all diese Eigentümlichkeiten haben, glaube ich, mit einem dämonischen Hinter-den-Dingen zu tun … ähnlich wie das wohl auch mit Russland und dem russischen Menschen der Fall ist. Denn Amerika und Russland sind feindliche Brüder, und wer glaubt, Amerika wäre weniger rätselhaft als Russland, der hat keinen tiefen Blick in Wesen und Wahrheit dieses mächtigen Landes getan.

 Verzeihen Sie, meine Damen und Herren, wenn ich Sie mit diesen allgemeinen Erwägungen aufgehalten habe. Jetzt – denke ich – kann ich ohne die Sorge, missverstanden zu werden, meine Geschichte zu Gehör bringen.

Sie heißt *Der Schnee von Nebraska*.

Joachim Maass
Von ihm selber

Das weltvergessene Zauberberg-Leben, das ich seit Jahren führe, fern der Heimat, die mir schon verloren war, bevor ich sie Anfang 1939 verließ, üblen Kräften weichend – diese Schatten-Existenz ist des Erzählens nicht wert, und der Himmel weiß, dass ich mir nichts darauf zugute halte. Aber da ich sie einmal auf mich habe nehmen müssen, so schmeichle ich mir wohl, dass sie, was sie mit der einen Hand nahm, mir mit der anderen zurückgab; denn das Exil entblößt den Menschen des einzig tiefen und urtümlichen Behagens, das ihm auf Erden vergönnt ist – und was bleibt ihm in seinem Froste, als sich selber die Feuer zu entzünden, an denen er sich ein bisschen erwärmen kann?

Nach Grillparzers Wort »ein Wandrer, der zwei Fremden und keine Heimat hat« habe ich das versunkene Vineta meiner Herkunft, das Hamburg der Jahrhundertwende und die träumerische Zeit der Frühe, *Das Magische Jahr* meiner Kindheit, mit dem Odem der Sehnsucht wiedererweckt. Ich habe meiner Verluste an Daseins-Heiterkeit und -Gewissheit und mein vergeblich umgetriebenes Suchen nach einer tröstlichen Wahrheit auf einen Berufeneren, einen Heldenjüngling meiner Phantasie, übertragen und habe ihn die Schauer des Todes erfahren lassen, ich habe ihn das Gute beinah umsonst lieben und das Böse beinah umsonst hassen lassen, ohne dass doch die erlebte Heimsuchung, *Der Fall Gouffé,* ihn ganz unter die Füße träte. Und ich habe die mir erschütterndste, einprägsamste und legendärste Gestalt tragischen deutschen Geistes, *Kleist, die Fackel Preußens,* noch einmal in meine und meiner Freunde Vorstellung zurückgeladen, damit wir, was uns aufgetragen, nicht zu leicht und unsere Verzweiflung nicht zu schwer nähmen. Hauptsächlich aber habe ich mir auf dem Zauber-Instrumente der deutschen Sprache vorgeschwärmt, meine Bücher mit Bildern und Melodien erfüllt und sie nach Herzenslust wie Symphonien aufgebaut – was man mir »zu Hause« zuweilen wie einen plagiatslüsternen Mangel an Sprache und Stillosigkeit vorgeworfen hat.

Es bleibt wahr, dass schon die Jahre vor meiner Emigration unter den frostigen Schatten einer immer gespenstischer um sich greifenden Verfremdung lagen, so dass, als ich wirklich ging, ich es nur als Vollzug einer Notwendigkeit empfand. Ich war darauf vorbereitet; das letzte Buch, das ich in meinem alten Altonaer Gehäuse in der Palmaille schrieb, manchmal schweren Herzens auf die Elbe ausschauend, war genau im Sinne seines Titels als *Ein Testament* gedacht. In einer romanhaft-phantastischen Form, die es vor dem Zugriff des zur Macht gelangten Gesindels schützen sollte, wünschte ich, Abschied nehmend meinem Herzen Luft zu machen und ohne Rücksicht auf die politische Verruchtheit, die uns alle besudelte, die Werte zu preisen, ohne die dazusein sich doch nicht verlohnt: Reinheit, Klarheit, Geist und die Liebe zum Menschen und seiner sittlichen Würde, und ich habe Grund zu glauben, dass man mich an falscher und an richtiger Stelle recht wohl verstand und mir entsprechend lohnte.

Auf andere Weise aber hatte ich der wichtigen deutschen Gegenwart von damals schon vor diesem Buche den Rücken gekehrt. Die Idylle *Borbe* und der Roman *Die unwiederbringliche Zeit* waren Rückblicke gewesen in eine schönere Vergangenheit, die im Welt-Wirklichen wohl für immer zugrunde gesunken und nur im Herzens-Wirklichen als Vermächtnis zu bewahren war. Ja, sogar schon, bevor der Graus zum Ausbruch kam, bereits 1932, hatte meine traktathafte Erzählung *Der Widersacher* die Ablehnung jeder Art von Diktatur als ethisches Erfordernis proklamiert und durch Wort und Tat des unheldischen Helden verkündet, dass mir zur Erfüllung dieser Forderung jedes Mittel recht, und dass, sich notfalls zu entziehn, immer noch besser schiene, als sich den Rechtspraktiken der Gewalt unterzuordnen.

Seltsamerweise spürte noch kaum jemand, wie sehr uns allen das Problem auf den Nägeln brannte, und mein Anliegen, dies spürbar zu machen, fand umso taubere Ohren, als ihm keinerlei persönliche Autorität Nachdruck verlieh, kein berühmter Name, den ich mir vorher erworben gehabt hätte. Denn von Kleinigkeiten abgesehen, hatte ich bis dahin nur einen Roman veröffentlicht, die schwermütig-heitere *Boheme ohne Mimi,* Rechenschaftsbericht einer künstlerisch verschwärmten Jugend, die sich angesichts der letztlichen Unergiebigkeit solcher Verschwärmtheit genötigt gesehen hatte, ihrer Hemmungslosigkeit Zügel anzulegen und sich zur Leistung als einem sittlichen Postulate zu bekennen.

Es ist aber, wenn ich heute auf mein Leben und meine Laufbahn als Schriftsteller zurückschaue, gerade die darin dargestellte, gefährlich-schwärmerische Jugendzeit, die mir am innigsten zu Herzen spricht. Ich verbrachte sie in meiner hamburg-altonaischen Heimat, die ich mehr liebte, als ich sagen kann, mit Freunden, die mir jetzt, nach 35 Jahren, so nahe sind wie damals, mit Weggefährten, wie ich sie mir besser, treuer und geistreicher nicht hätte wünschen können, mit meinen Brüdern besonders, Edgar und Waldemar Maass, mit Martin Beheim-Schwarzbach und dem unvergessenen Friedo Lampe – und mit vielen jungen Frauen und Mädchen, denen ich schöne, traurige und verliebte Lieder ersann, von welchen ich einige, vor noch nicht Langem, in dem Bändchen *Des Nachts und am Tage* gesammelt habe. Köstliche Zeit, reich an leisen Gnaden! Möge die Jugend einer nahen Zukunft wieder mit einer ähnlichen gesegnet sein!

(1957)

Joachim Maass
Ich lebe nicht in der Bundesrepublik

Für einen Schriftsteller stellt ein langdauerndes Exil im fremdsprachigen Ausland einen veritablen Notstand dar. Seine Sprache, der nährenden Zufuhr aus dem Alltagsgespräch beraubt, droht zu welken und zu verholzen und hört allmählich auf, ein aus sich selbst heraus schöpferisches Material zu sein. Nicht mehr im Gleichschritt mit seiner Generation daheim, erleidet er als Schreibender eine progressive Einbuße an Aktualität: in Erlebnis, Ausdruck, heimlichen Bezügen, unvermerkten Entwicklungen und im Atmosphärischen. Aber vielleicht am offensichtlichsten wird der exilierte Autor in seiner äußeren Wirksamkeit, in seiner Publizität geschädigt. Wer lange fortbleibt, ist bald so gut wie tot, und totgeschwiegen wird er, vielleicht nicht geradezu programmatisch, nicht geradezu aus bösem Willen, doch jedenfalls nach dem Grundsatz, dem der Literaturbetrieb wie jede Interessengemeinschaft heimlich huldigt: Wer will jemandem guttun, der ihm nicht wehtun kann, und wer will jemandem nützen, der sich niemals revanchiert?

Dies alles (und noch manches ähnlicher Art) habe ich bis zum Leid und Überdruss erfahren – und dennoch habe ich mich zur endgültigen Rückkehr nach Deutschland bisher nicht entschließen können, obgleich mir der Austausch meiner alten Heimat gegen eine neue nicht gelungen ist und auch nie gelingen wird. Es ist aber, was mich an der Rückkehr hindert, nichts weiter als ein Missbehagen, freilich ein Missbehagen sehr gründlicher Natur.

Nicht, dass das vielbeschrieene deutsche Wirtschaftswunder mich abstieße. Eher im Gegenteil. Die mit den Geldern des amerikanischen Steuerzahlers angekurbelte Wiedergeburt der deutschen Wirtschaft scheint mir eines der positivsten Phänomene in unserer Zeitgeschichte zu sein, und dass man heute in Deutschland darüber auf eine verzerrte und abschätzige Weise zu witzeln liebt und der amerikanischen Hilfsbereitschaft die vielversprechenden, wenngleich vagen Möglichkeiten einer Seelenfreundschaft mit dem diktatorischen Osten entgegenstellt, ist mir ominös. Man fragt sich doch: Hat man denn ganz den wüsten Zustand nach 45 vergessen, das Hungern, das Frieren, den Mangel an Wohnraum und sogar an Seife, der ein menschenwürdiges Dasein schlechthin unmöglich machte?

Diese Vergesslichkeit ist mir schwer begreiflich. Aber eine andere Art Vergesslichkeit, die in Deutschland – jedenfalls nach allem, was ich dort zu hören bekommen habe – aufs Erstaunlichste um sich gegriffen hat, ist mir noch weit unbegreiflicher.

Ich muss, um mich verständlich zu machen, wohl oder übel ein paar Worte über meine Emigration sagen … obgleich ich natürlich weiß, dass bestimmte Leute, auch solche, die sich der sogenannten inneren Emigration zurechnen, die nachweisbare, leibhaftige und wirkliche Emigration als Fahnenflucht, als einen Akt der Feigheit und Bequemlichkeit gebrandmarkt haben. Nun, ich vollzog die meine, achtunddreißig Jahre alt, aus freien Stücken, und ich erlaube mir zu versichern, dass mehr Entschlossenheit dazu gehörte, als ich sie zur gegebenen Stunde bei jenen Emigrationsverächtern habe entdecken können: Es war das Überschreiten einer anderen, einer zweiten Schattenlinie. Allerdings hatte ich zwingende Motive. Erstens wünschte ich, das Los meiner vertriebenen jüdischen Freunde zu teilen; das war eine Sache des menschlichen Anstands. Zweitens wünschte ich, mich der spukhaften Verkommenheit und Verlogenheit zu entziehen, die das Leben und leider auch das Wesen der deutschen Nation immer giftiger durchschwärten; das war eine Sache demonstrativer Abkehr und Trennung und, zugegeben, auch eine des seelischen Selbstschutzes. Ich verstand mich nicht mehr in meinem eigenen Volke – man schwieg, man schwieg zu allem. Aber sah man denn allen Ernstes nicht, dass Deutschland unter der Fuchtel der Hitler und Komplicen von Tag zu Tag mehr zum Sklaven-, Henker- und Unrechtsstaate wurde? Die zahllosen Verhaftungen bei Nacht und Nebel, denen kein Mensch sich nachzufragen trauen durfte; die Konzentrationslager, deren Existenz keinem Kinde verborgen bleiben konnte, die Diffamierung der Minoritäten, Judenboykott, Reichstagsbrand, die

Nürnberger Gesetze, der ganze blutige und pöbelhafte Rassefimmel, dies alles in hundert Variationen und täglicher Steigerung bis hin zur kirchen- und menschenschänderischen sogenannten Kristallnacht im November 38 ... ja, sah man wirklich immer noch nicht, was da geschah?

Und sah man wirklich nicht, was da aus dem Kloakenschlamm des Volkes heraufgestiegen war? Großer Gott, was für eine Galerie! Die fatale Visage des Hitler, in der, längst vor 33, Klaus Mann wahrhaft hellsichtig die Ähnlichkeit mit dem Massen- und Lustmörder Haarmann aus Hannover erkannte; der putzsüchtige Fettkloß Göring; der Schmutzfink Streicher mit der zwei Finger hohen Stirn und dem rasierten Bierschädel; der von Geilheit und Ehrgeiz zerfressene und ausgemergelte Lügenheuler und Hinkefuß Goebbels; der entsetzliche Himmler mit den starren Insektenaugen hinter dem kleinen Pincenez ... dieses ganze fürchterliche Ensemble war doch physiognomisch ganz unmöglich zu missdeuten. Das eine Regierung? Dann jedenfalls die infamste, verruchteste und schimpflichste Regierung der Weltgeschichte. Und doch hatte man, von einer winzigen gelähmten Schicht einer echten Elite abgesehen, für dieses greuliche Konsortium, wenn man schon nicht vor Begeisterung grölte, allenfalls ein verlegenes und beschwichtigendes Schulterzucken. Selten, wenn jemals, hat ein großes Kulturvolk seine Ehre billiger und williger dahingegeben.

Nun hätte sich meinethalben in den ersten Jahren für diese deprimierende Führerschaft und das

Gelichter von bestialisierten Kleinbürgern und pervertierten Schnapphähnen, das ihr immer zahlreicheres Gefolge bildete, zur Not dies und jenes oder eigentlich doch nur das eine ins Feld führen lassen: dass es ihr nämlich tatsächlich gelang, die Arbeitslosigkeit einzudämmen. Aber bald musste doch auch dem Dummerhaftigsten klar werden, dass dieser Erfolg nur aufgrund einer außenpolitischen Planung möglich war, deren Niedertracht noch hinter sich ließ, was man sich innenpolitisch bisher geleistet hatte. Nach der Aufrüstung der Raub Österreichs als Vorspiel, und dann ging es Schlag um Schlag: das Sudetenland, die Tschechoslowakei, das mörderische Überrollen Polens. Ich weiß wohl, dass das deutsche Volk im großen Ganzen diesen Gewaltakten, von Angst und Schrecken halb paralysiert, zusah, ohne alle Lust und Liebe, an dem verbrecherischen Werk mitzutun, das da in seinem Namen vollführt wurde; aber *dagegen* – ja, was hätte man wirklich viel dagegen tun können, da doch bekanntlich eine Diktatur, die einmal im Sattel sitzt, zumal eine patriotisch drapierte, kaum anders als wiederum mit blutigen und tollkühnen Gewaltakten abzuschütteln ist? Und allmählich, als der Zweite Weltkrieg vom Zaune gebrochen war, ließ man sich wohl auch den Siegestaumel mitsamt dem Zustrom an Beute aus Frankreich, Holland, Belgien, Dänemark, Norwegen gern gefallen.

Ich brauche mich auf eine Analyse und Bewertung der heiklen psychologischen Situation während des Zweiten Weltkrieges nicht einzulassen. So viel liegt jedenfalls zutage: Als das apokalyptische Spektakel zu Ende war, nach 1945, da hätte sich doch auch dem verranntesten, verbohrtesten und blödsinnigsten deutschen Nationalisten die Einsicht aufdrängen müssen, wohin das »Deutschland erwache!« seiner heulenden Derwische das unselige Land geführt hatte. Das Reich zerbrochen; die Städte in Trümmer gelegt; Generationen deutscher Männer und Jünglinge in sinn- und gewissenlosen Raubzügen und zufolge der Idioten-Strategie des Kriegsherrn und seiner verluderten Generalität aufgeopfert; viele Millionen der anderen europäischen Nationen hingeschlachtet; allein fünf oder sechs Millionen völlig schuldloser jüdischer Menschen vergast oder auf die eine oder andere viehische Weise zu Tode gebracht und der Name Deutschlands vor aller Welt mit Schimpf und Schmach besudelt wie nie zuvor der Name eines Volkes.

Und jetzt komme ich auf das Missbehagen zurück, von dem ich eingangs gesprochen habe, jenes tiefe Missbehagen, das mich bei jedem meiner Deutschlandbesuche nach dem Kriegsende bereits nach wenigen Tagen beschlichen und allmählich immer tiefer durchdrungen und mir schließlich den Aufenthalt vergiftet und vergällt hat. Kein Zweifel, ich fühlte mich in dem Land, dessen Sprache ich sprach und schrieb, ich fühlte mich in der Heimat fremder als in jeder Fremde, gequält von einer Fremdheit, die offenbar weniger aus etwas entsprang, was mir störend im Wege war, als aus etwas, was ich schmerzlich, mit einer peinigenden

Ungläubigkeit entbehrte, ohne dass mir dies doch sogleich zu klarem Bewusstsein gekommen wäre. Heute ist es mir klar und bewusst – so vollkommen klar, dass es mir eigentlich sonderbar vorkommt, mich darüber noch erklären zu sollen. Aber sonderbar oder nicht, nötig scheint es auf alle Fälle zu sein.

Ich nehme das Dutzend oder Halbdutzend vertrauter Freunde aus, bei denen auch die Trennung und die verschiedene Erfahrung während der Kriegsjahre eine Änderung oder Verfremdung der Sensitivität in sittlichen Fragen nicht hat hervorrufen können; denn nicht um politische, sondern um sittliche Fragen geht es hier, um Entscheidungen und Empfindlichkeiten im Bereiche schlechthin des Guten und des Bösen. Beim Gros meiner ehemaligen Landsleute aber, wie ich ihnen in zahllosen kürzeren und längeren Begegnungen und Gesprächen gegenübertrat, die direkt oder indirekt mit der jüngsten deutschen Vergangenheit seit 1933 zu tun hatten, da setzte eben dieses Gefühl schmerzlichen Vermissens ein und wurde bald überwältigend, ganz als machte sich bei diesen sonst vernünftigen, anständigen, wohlmeinenden Menschen so etwas wie ein blinder Fleck des Erinnerns und Empfindens bemerkbar: Nirgends und bei niemandem fand ich auch nur einen Nachhall jenes Entsetzens, des Zornes, Hasses oder Widerwillens, kurz all jener Reaktionen vor, die das unsägliche Treiben der Naziprominenz und ihrer nur allzu willigen, emsigen Handlanger-Horden doch in jeder gesunden und stolzen Seele unbedingt hätte hinterlassen müssen. Und ich sagte mir: Wenn man schon an dem blutigen Unrecht, das anderen Völkern zugefügt worden ist, nicht leiden wollte, aus chauvinistischer Engstirnigkeit, aus ethischem Dumpf- und Stumpfsinn, der »das eigene Nest nicht beschmutzen« zu dürfen glaubte – das grimmige, nie wieder gutzumachende Unrecht, das dem deutschen Volke angetan worden ist, das hätte man doch wohl, für immer eingebrannt, empfinden, darüber hätte man sich doch wohl schon aus simplem Ehrgefühl empören müssen, dass einem das Herz davon überging. Aber nein: Man tat es nicht, und man tut es nicht.

Was ist das für eine außerordentliche, erschreckende Indifferenz! Worauf (wenn es wirklich nichts weiter sein sollte als Indifferenz) beruht sie? Auf der stumm verschworenen Spießgesellschaft einer ganzen Nation? Auf einer Übereinkunft aller mit allen, durch Schweigen und Vergesslichkeit Schändlichkeiten welthistorischen Ausmaßes zu vertuschen, deren Urheber noch immer im Lande ihr Unwesen treiben, gestern noch halb geduckt, heute schon wieder frech und morgen womöglich tonangebend? Eine Schwurgenossenschaft von hunderttausend Übeltätern mit fünfzig Millionen Hehlern? Das ist eine unheimliche Vorstellung. Und hat man sich denn, grundsätzlich und verstockt, aller ethischen Wertmaßstäbe ein für allemal begeben? Hat man sich, dass ich das schlichte Wort nicht scheue: vom Guten abgewandt, das doch in diesem oder jenem Bilde einem großen, geschichtswürdigen Volke unbedingt voranschweben muss auf seiner Wanderung durch die Zeit? Oder will man sich im Ernst glauben machen, man könnte das Gute lieben, ohne das Böse zu hassen und zu verabscheuen?

Auf all diese Fragen weiß ich mir keine Antwort. Aber sie quälen mich, sie hören nicht auf, mir zuzusetzen, und sie rauben mir alles Behagen der Zugehörigkeit … so dass ich mich schließlich des abstrusen Gefühls nicht mehr erwehren kann: Ich bin zu deutsch für ein Deutschland, in dem es derart gespenstisch zugeht; und meine Auffassung von dem, was Deutschlands Größe, Ehre und Berufung in der Welt ausmacht, ist zu hochgespannt, zu verwöhnt, meinethalben zu donquijotesk, als dass ich mit einiger Hoffnung auf Erfolg sie den heutzutage in Deutschland gültigen Meinungen anzupassen versuchen könnte. So begnüge ich mich denn damit, die Heimat von ehedem, so oft ich's mir leisten kann, zu besuchen, ein unzeitgemäß Liebender mit verstiegenen Wünschen und Träumen, und belasse es im Übrigen dabei, in einer Fremde zu siedeln, die mir gegen den Preis einer kargen Loyalität den Komfort einer kühlen Gastlichkeit gewährt, nicht mehr, nicht weniger; es ist, soweit ich sehen kann, ein durchaus sauberes Geschäft.

(1964)

Benedikt Fred Dolbin: Joachim Maass

Andreas F. Kelletat

Joachim Maass in Amerika
Nachwort

> *Ich weiß wohl, dass es höchst ungewiss und fraglich ist, wieviel Wirklichkeit die Kunst braucht. Und doch, die Wirklichkeit und Wirklichkeitserfahrung ist ein sehr mächtiges Hilfsmittel der Kunst.*
>
> Joachim Maass, 1946

1

Im Spätherbst 1936 fuhr Joachim Maass zum ersten Mal in die Vereinigten Staaten. Er wollte erkunden, ob die USA ein Zufluchtsort aus Hitler-Deutschland sein könnten, jenem »Sklavenstaat mit blutunterlaufenen Augen, [der] in Kürze meinen jüdischen Freunden die Möglichkeit auch nur der nackten Existenz und mir als Schriftsteller die Freiheit rauben [würde], ungeschminkt zu sagen, was ich für wahr erachtete«. So beschreibt er es im autobiografischen Rückblick der 1960er Jahre in seinem Essay *Als Greenhorn in Amerika*.

Von New York aus, wo er sich mit Verwandten seiner Freunde beraten und im *Council of Jewish Women* Auskünfte zu den Einwanderungsbedingungen und Arbeitsmöglichkeiten in den USA erhalten hatte, ging es mit dem Zug zunächst nach Chicago und von dort durch vier Nächte und drei Tage nach Kalifornien, denn: »Mir als Schriftsteller kam der ferne Westen, kam, bündig gesagt, Hollywood hochgradig interessant vor.« Etwa zwei Monate später hatte Maass die für ihn und seine jüdischen Freunde notwendigen Informationen beisammen, und im Dezember fuhr er zurück an die Ostküste. Erneut machte er die Reise mit dem Zug, und sie führte ihn durch die mit »Schnee gefüllte große Leere« Nebraskas: »Unabsehbar, ohne die kleinste Hügelung, erstreckte sich das Schneegefilde nach allen Seiten, und niedrig wie eine ebenso unabsehbare grauschwarze Filzdecke hing der Himmel dicht darüber.« Einmal auch »brach die Sonne durch, der Schnee glitzerte und blitzte, dass die Augen darob ermüdeten«. Einen einzigen Ort lernte Maass in Nebraska etwas näher kennen: North Platte, etwa achtzig Bahnkilometer entfernt von Ogallala, unweit der Grenze zu Colorado.

Von New York ging es mit dem Schiff »auf dem höchst ungebärdigen Nordatlantik« zurück nach Europa – in dem Wissen, dass man »dort drüben [würde] existieren können, irgendwie – das stand fest; aber wie würde sich leben lassen? Und Land und Leute, wie ich sie mittlerweile oberwändlich kennengelernt und tiefer erlebt hatte, beschäftigten mich wie der Traum einer Dichtung, die ans Licht will.« *(Als Greenhorn in Amerika)*

Kurz nach Ankunft in seiner Vaterstadt Hamburg schickte Maass an Ninon Hesse in Montagnola die in zwei Schulheften niedergeschriebene Erzählung

Der Schnee von Nebraska. Die Widmung lautete: »Dieses Manuskript, geschrieben an Bord des Dampfers Gerolstein auf der Sturmreise New York/Rotterdam im Januar 1937, fortgetragen aus einem abbrennenden Hotel in Amsterdam und beendet, ergänzt und korrigiert im Zug nach Hamburg, sendet der Verfasser J. M. als Gruß und Dank an Ninon Hesse.«

Gedruckt erschien *Der Schnee von Nebraska* dank Fürsprache Oskar Loerkes 1938 in der von Peter Suhrkamp in Berlin herausgegebenen *Neuen Rundschau,* dann erst wieder 1961 in dem Maass-Sammelband *Zwischen Tag und Traum,* 1966 als Sonderausgabe zum 65. Geburtstag des Autors und zuletzt 1967 in der Anthologie *Notwendige Geschichten 1933–1945,* zusammengestellt von Marcel Reich-Ranicki. Ins Blickfeld noch weiterer Literaturkritiker oder zumindest der Germanistik ist die Erzählung bisher nicht geraten.

2

Am 27. Dezember 1936 wurde in der Hafenstadt Tacoma im äußersten Nordwesten der USA der zehnjährige Charles F. Mattson von einem maskierten und bewaffneten Mann aus dem noch weihnachtlich geschmückten Haus seiner Eltern entführt, um von dem wohlhabenden Vater, einem weithin respektierten Arzt und Chirurgen, Lösegeld zu erpressen. Dieses Verbrechen wurde nicht ganz so berühmt wie die Entführung und Ermordung des kleinen Charles Lindbergh, des Sohns des Flugpioniers, im Frühjahr 1932. Aber auch der Fall Mattson erregte durch zwei Wochen amerikaweit gehörige Aufmerksamkeit. Zeitungen und Rundfunkstationen berichteten für ihre sensationslüsterne Kundschaft Tag für Tag über die genauen Umstände der Entführung, über vermeintliche Neuigkeiten aus Tacoma und überboten sich in Spekulationen über das Schicksal des entführten Jungen und die Identität des Täters. Selbst die Summe, die der Entführer für die Freilassung seines Opfers auf einem am Tatort hinterlassenen Zettel gefordert hatte, war bereits am 28. Dezember 1936 bekannt: »Kidnapper demands $28,000 for Boy.« Polizei und FBI erklärten sich auf Drängen der Familie Mattson öffentlich mehrfach bereit, die Suche nach dem Entführer zu unterbrechen (»to suspend their manhunt«), bis das Lösegeld übergeben und der kleine Charles wieder zu Hause wäre. Doch es war vergeblich. Am 11. Januar 1937 wurde seine unbekleidete Leiche auf einem schneebedeckten Feld hinter einem Strauch entdeckt – von dem 19-jährigen Gordon Morrow, der auf Kaninchenjagd war. »The bloody face and bruised body were mute evidence of the merciless treatment he had received.«

Am Tag darauf äußerte sich Präsident Roosevelt zu dem Verbrechen: »The murder of the little Mattson boy has shocked the Nation. Every means of our command must be enlisted to capture and punish the perpetrator of this ghastly crime.« FBI-

Direktor Hoover hatte da bereits vierzig seiner Leute nach Nebraska geschickt. Aber erst im Sommer 1938 wurde endlich ein Mann verhaftet, der die Tat gestand, sich dann jedoch als völlig harmloser Geisteskranker erwies, der zum Zeitpunkt der Entführung in einer psychiatrischen Klinik gewesen war. Noch einmal schaffte es die Entführung auf die Titelseiten der Zeitungen, und das FBI schwor, die Jagd auf den Mörder fortzusetzen. 26.000 Personen wurden in den folgenden Jahren befragt, der Mörder jedoch nicht gefasst.

3

Als Joachim Maass während seiner USA-Reise die um die Jahreswende 1936/37 erschienenen Sensationsberichte über die Entführung und Ermordung des zehnjährigen Charles Mattson las, war die Jagd auf den Täter in vollem Gang. Fast möchte man vermuten, dass Maass sich in den letzten Tagen seines Amerika-Aufenthalts in die Rolle eines FBI-Psychologen versetzt hatte, der ein Täterprofil erstellen müsste: »Wer aber hatte dies alles getan?«, »Wer kam in Frage?« – so heißt es im *Schnee von Nebraska* im Anschluss an den knappen Bericht über den Tod von Chucks Mutter. Für seine Erzählung übernahm Maass kleinste Details der Entführung, änderte jedoch die Namen der beteiligten Personen, aus Mattson wurde Watson, aus Gordon Morrow ein Douglas Johnson usw. Den Ort der

Handlung verlegte er aus der Hafenstadt Tacoma nach Ogallala, einer kleinen »typischen Präriestadt« in Nebraska.

Leicht verwirrend sind die Hinweise auf den Zeitpunkt der Handlung. Einmal ist die Rede von »jener bösartigen Grippeepidemie von 19..«, wodurch sich der zeitgenössische Leser an die Spanische Grippe von 1918/20 erinnert haben mag mit ihren weltweit bis zu fünfzig Millionen Toten. An anderer Stelle spricht der Erzähler vom Weihnachtsfest »im vorvorigen Jahre«. Der von Chucks Mutter geäußerte Wunsch, dass ihr kleiner Sohn »nach Hollywood gebracht und dort Probeaufnahmen von ihm gemacht werden sollten, damit er ein Filmstar werde gleich Shirley Temple oder Freddie Bartholomew«, erlaubt eine genauere Datierung, wenn man sich nach den Lebensdaten der beiden Kinderfilmstars umschaut: Shirley Temple lebte von 1928 bis 2014 und wurde mit gerade sechs Jahren zu einem Hollywood-Star. Ähnlich erging es dem 1924 geborenen Freddie Bartholomew, der 1934 für die Rolle des jungen David Copperfield nach Hollywood verpflichtet wurde. Eisenbahn-Enthusiasten schließlich könnten wissen, dass der im *Schnee von Nebraska* erwähnte »Superchief«, die »schnellste Zugverbindung von Chikago nach dem Westen« erst im Mai 1936 in Betrieb genommen wurde. Da die Entführung »im vorvorigen Jahre« stattgefunden haben soll, müsste es um das Jahr 1934 gehen, als es den »Superchief« noch gar nicht gab. Solch kleine handwerkliche Schnitzer deuten darauf, dass Maass seine Erzählung sehr rasch niedergeschrieben hat und die in ihr erwähnten Fakten zu Ort und Zeit der Handlung vor der Drucklegung nicht überprüft wurden.

Mit den Angaben zu Chucks Mutter beginnen dann weitere, nunmehr von Maass genau erwogene Abweichungen von den zeitgenössischen amerikanischen Pressedarstellungen. Mabel sei die zweite Frau des verwitweten Doktor Watson und fast dreißig Jahre jünger als er gewesen, heißt es bei Maass. Die Frau von Doktor Mattson mit Namen Hazel war jedoch nur vier Jahre jünger als ihr Ehemann, die drei 1920 und 1922 (also nicht als Zwillinge) sowie 1926 geborenen Kinder stammten alle von ihr. Reine Fiktion ist schließlich, was Maass im *Schnee von Nebraska* zum Schicksal der Eltern des ermordeten Sohnes schreibt: Die Mutter brach »unter der Fürchterlichkeit dieser Nachrichten […] vollends zusammen, sie verfiel in ein schweres Nervenfieber und starb am zweiten Tage nach ihrer Erkrankung«. Der Vater starb ebenfalls, nachdem er sich bei der Obduktion des Mörders infiziert hatte. Die »wirklichen« Eltern des Ende Dezember 1936 tatsächlich entführten Jungen starben hochbetagt 1968 (William Mattson) und 1978 (Hazel Mattson).

Der gravierendste Unterschied zwischen dem realen Ereignis in der Hafenstadt am Pazifik und dem fiktiven in Ogallala, dem tief verschneiten »Städtchen am Rande der Prärie«, besteht natürlich darin, dass Maass den Mörder nicht unentdeckt ließ, auch nicht das Motiv seiner schauderhaften Tat.

4

In den 1940er Jahren hat Joachim Maass am Mount Holyoke College, einem »women's college« in South Hadley, Massachusetts, vor von Semester zu Semester wachsender Hörerschaft in »wenig regelgerechtem Englisch« Vorlesungen zu Grundlagen einer »Ästhetik des Dichterischen« gehalten. Die Einsichten zu diesem Thema habe er »nicht als Theoretiker oder Wissenschaftler (was beides ich nicht bin), sondern als Schriftsteller teils durch methodisches Nachdenken aus Arbeitsanlässen gewonnen und teils einfach aus der Arbeitspraxis als richtig erkannt« – so steht es im Geleitwort seiner 1949 im Berliner Suhrkamp Verlag vormals S. Fischer veröffentlichten, dem Andenken an seinen Dichter-Freund Friedo Lampe (1899–1945) gewidmeten deutschen Version dieser Vorlesungen. Über das Genre der »Detektiv- und Mystery-Stories« heißt es dort dezidiert abwertend:

»Immer gleichmäßig gibt es ein ganzes Rudel von Personen, die des geschehenen Verbrechens schuldig sein könnten; wird in dem Hause des Verbrechens irgendeine Tür geöffnet, so fällt ein frisch Ermordeter heraus; die Person, die offenbar überhaupt kein Motiv zu dem Verbrechen und keine Möglichkeit zur Ausführung des Verbrechens hatte, ist endlich die schuldige, während die vor aller Augen belastete am Schlusse von rührender Unschuld strahlt. Dies ist das Prinzip. Ausdrücken, ich meine: symbolisieren tut weder eine der Figuren noch eines der Ereignisse irgend etwas; das Ganze ist nur dazu da, den Leser […] zu ›spannen‹; er wird mit einer Art Puzzle- oder Horror-Hanswurstiade genasführt, von einer blödsinnigen Spekulation zur nächsten gelockt und dabei durch den Haut-gout des Leichenstanks in einem bestimmten und nicht eben feinen Sinne gereizt. Von einem echten Symbol für das Leben und Erfahren des Menschen auf Erden kann bei der ganzen scheußlichen Veranstaltung nicht die Rede sein.«

5

Mit seiner Kritik an der nach solchem Rezept verfertigten Massenware sollte die Kriminalliteratur freilich nicht grundsätzlich ins »Undichterische« weggeschoben werden. Denn – so Maass in seiner Vorlesung – es gebe auch in diesem Genre durchaus Fälle, in denen die Symbolhaftigkeit in hohem Grade erreicht sei: Stevensons *Dr Jekyll and Mr Hyde* (»Symbolisierung des […] Phänomens der Persönlichkeitsspaltung«), Dostojewskis *Brüder Karamasow,* »worin die Gestalt des Ivan und seines epileptischen Halbbruders Smerdjäkoff symbolisch für eine ähnliche Erscheinung im Seelenleben des Menschen steht«, oder Werke von Edgar Allan Poe, E. Th. Hoffmann, Kleist oder Schiller. Auch ist Maass kein Gegner von Spannungselementen, nur müssten sie der dadurch »umso wirksameren Symbolisierung« dienen.

Die Spannung im *Schnee von Nebraska* entsteht sowohl durch die Frage, wer der Mörder des kleinen Chuck war, wie durch die Frage, warum es überhaupt zu der Tat kommen musste. Nicht weniger spannungssteigernd ist die Frage, warum Chucks Vater nicht rechtzeitig jenen Hinweisen gefolgt war, an denen es »das Schicksal weiß Gott nicht [hatte] fehlen lassen«. Aber wir Leser – und auch daraus ergibt sich das kunstvoll Gelungene der Erzählung – haben ebenfalls die auf den Täter weisenden Signale übersehen, die Maass auf die ersten Seiten der Geschichte gesetzt hat: So wenn er seinen Erzähler sagen lässt, dass es in Ogallala bereits mehrere Ärzte gab, »besonders einen älteren in Doktor Watsons Revier«. Was meint dieses »besonders«? Und lässt das Wort »Revier« statt »Bezirk« nicht schon an einen bevorstehenden Revierkampf denken? Warum schließlich wird kurz darauf sogar der Name »jenes älteren Arztes« verraten und durch eine auffällige Parenthese zusätzlich hervorgehoben: »(er hieß O'Brady)«? Erst viel später, als wir diese Hinweise schon wieder vergessen bzw. verdrängt haben, lesen wir dann, dass es genau jener O'Brady war, der als mit Hass durchtränkter Mörder seinen so erfolgreichen und sichtbar glücklichen Konkurrenten, aber auch sich selbst ins Verderben getrieben hat.

6

Worin besteht in *Der Schnee von Nebraska* die »Symbolisierung« – im Sinne der Maass'schen Überlegungen? Ich sehe sie primär in der stimmigen Darstellung eines unabdingbar schicksalhaften Hereinbrechens des Bösen. Doktor Watson wusste um diese dunklen Mächte. Nach dem Tod seiner ersten Frau versuchte er, seinem Schicksal auszuweichen. Wie in ein Versteck zog er sich mit seiner zweiten Ehefrau und den Kindern in die Präriestadt im fernen Nebraska zurück, damit sich das Schicksal »nicht über Nacht gegen ihn erbose«. Tatsächlich schien ihm das Schicksal dort gewogen, er ließ sich das »schönste Haus« bauen und war für ein ganzes Jahrzehnt »der glücklichste Mann von Ogallala«, glücklich besonders wegen des im ersten Jahr der neu geschlossenen Ehe geborenen Sohns, der zum »Liebling aller« wurde. Dem Vater des bezaubernden kleinen Chuck »schien zur Seligkeit, soweit diese Welt sie zu bieten vermag, nicht mehr viel zu fehlen.«

Maass hat damit eine enorme Fallhöhe konstruiert, aus der er seinen Helden in die Tiefe stürzen lässt. Alles wurde Doktor Watson genommen: der geliebte Sohn, die geliebte Frau, das Vermögen und schließlich das eigene Leben. Als moderne Hiob-Gestalt kann man ihn verstehen, dem vielleicht sogar mehr noch als Hiob genommen wurde, denn da ist kein Gott mehr, der den Geschlagenen am Ende für seine Treue belohnt und ihn aus dem

Grässlichen nach Hause kommen lässt. Stattdessen herrscht unentrinnbar »das Dunkel, das alles verschluckt«, die Guten wie den Bösen, so dass nichts als die Stille und der lautlos fallende Schnee bleiben.

Das Symbolhafte ergibt sich also aus der Veranschaulichung des Satzes, dass keiner seinem Schicksal entgeht, dass man sein Schicksal wohl doch nicht in die eigene Hand nehmen kann. Das gilt nicht nur für jene Schicksalsschläge, denen die beiden unglücklichen Väter Watson und O'Brady in Ogallala nicht entkommen konnten, es gilt überall. Vom »Misstrauen gegen diese Welt« spricht die Erzählung, von der »Unheimlichkeit dieser Welt«, vom »weltenweiten Grauen«, von einer Welt, die »viel gemeiner [ist], als auch der gemeinste Mensch ausdenken kann«. Gewiss, Doktor Watson hätte sich der Wut, dem Hass und den Drohungen seines mehr und mehr verrohenden Arztkollegen entgegenstemmen können, aber er schwieg, »denn ich war ein glücklicher Mensch, und ich wollte meinen Frieden«. Doch solches Schweigen, solche Schonung aus Mitleid zunächst und dann aus Verachtung stachelte die Wut O'Bradys erst recht an.

7

An was mögen Leser der *Neuen Rundschau* gedacht haben, als sie 1938 auf dieses Porträt eines Psychopathen gestoßen wurden? Oder ist es meine zu lebhafte Phantasie, dass zwischen den Zeilen der Erzählung, hinter der Maske des Doktor O'Brady die »fatale Visage« (*Ich lebe nicht in der Bundesrepublik*) eines ganz anderen Lustmörders lauerte? Man hätte ihn erschlagen sollen, bevor er sich »wie ein riesiges Insekt […] auf die Hinterbeine erhoben« hatte.

Der lange Brief des Doktor Watson – er nimmt die Hälfte der Erzählung ein – endet mit dem Abschied von »dieser Welt, in der das Grauen in jeder Ecke sitzt«. Der letzte Satz der Erzählung bringt mit seinem Bild von der »schwarzen Rauchfahne« der Lokomotive über den »weißen Eisfeldern« den Zusammenhalt von Gut und Böse in ein fast harmonisch und überzeitlich wirkendes Zeichen, um dann mit den »feurigen Sternen« am »ewig unberührbaren Himmel« Kants Rede vom »bestirnten Himmel über mir« und dem »moralischen Gesetz in mir« warnend wachzurufen.

Literaturhinweise

Jürgen Joachimsthaler (2015): Krimi – Antikrimi – Metakrimi. Joachim Maass: *Der Fall Gouffé*. In: Facetten des Kriminalromans. Hg. von Eva Parra-Membrives und Wolfgang Brylla. Tübingen: Narr Francke Attempto, S. 143–160.

Joachim Maass / Alfred Kantorowicz (1931): Das Private und das Politische in der Dichtung. Ein Streitgespräch zwischen J.M. und A.K. In: Der Kreis. Zeitschrift für künstlerische Kultur. Organ der Hamburger Bühne. H. 8, S. 555–562.

Joachim Maass (1949): Die Geheimwissenschaft der Literatur. Acht Vorlesungen zur Anregung einer Ästhetik des Dichterischen. Berlin: Suhrkamp Verlag vormals S. Fischer.

Joachim Maass (1961): Als Greenhorn in Amerika. In: ders., Zwischen Tag und Traum. Ein Lesebuch. München: Desch, S. 282–315.

Daryl C. McClary (2006): Ten-year-old Charles F. Mattson is kidnapped in Tacoma and held for ransom on December 27, 1936. Posted 12/13/2006. (Online: HistoryLink.org Essay 8028).

Dieter Sevin (1989): Joachim Maass. In: Deutschsprachige Exilliteratur seit 1933. Band 2: New York. Hg. von John M. Spalek und Joseph Strelka. Teil 1. Bern: Francke, S. 599–621.

— (1991): Moralist in »apokalyptischer Zeit«: Joachim Maass' schwieriger Weg zum Erfolg. In: Autoren damals und heute. Hg. von Gerhard P. Knapp. Amsterdam, Atlanta: Rodopi, S. 731–799.

— (2010): Joachim Maass – Exil ohne Ende. In: ders., Trotzdem schreiben. Beiträge zur deutschsprachigen Literatur der Moderne. Hildesheim u. a.: Olms, S. 31–60.

Andreas F. Kelletat
Joachim Maass. Biogramm

Joachim Maass wurde am 11. September 1901 als jüngster von drei Brüdern in Hamburg in eine wohlhabende Kaufmannsfamilie geboren. Nach dem Abitur an der traditionsreichen Gelehrtenschule des Johanneums absolvierte er eine kaufmännische Ausbildung und arbeitete eine Zeit lang in Lissaboner Handelsfirmen. Mitte der 1920er Jahre gab er seinen Brotberuf auf und beschloss, künftig als freischaffender Autor zu leben.

Zunächst machte er sich einen Namen als Lyriker und Lyrikübersetzer sowie als Literaturkritiker und Feuilletonist des *Hamburger Fremdenblattes* und der *Vossischen Zeitung*. Sein erster, von Alfred Kantorowicz und Klaus Mann ausführlich besprochener Roman *Boheme ohne Mimi* erschien 1930 in Samuel Fischers Verlag in Berlin. Ebenfalls bei Fischer folgten die beiden Romane *Der Widersacher* (1932) und *Die unwiederbringliche Zeit* (1935). Maass galt damals als eine der markantesten Stimmen aus der Generation der nach 1900 geborenen Autoren.

Boheme ohne Mimi setzten die Nationalsozialisten 1935 auf ihre Liste des »schädlichen und unerwünschten Schrifttums«, auch eine nächtliche Haussuchung durch SA-Leute hat es wohl gegeben.

Doch ansonsten wurde der »arische« und politisch unauffällige Joachim Maass weitgehend unbehelligt gelassen. Seine Verbundenheit mit exilierten bzw. regimefernen Verlagsleuten und Schriftstellern wie Martin Beheim-Schwarzbach, Gottfried Bermann-Fischer, Eugen Claassen, Hedwig Fischer, Hermann und Ninon Hesse, Friedo Lampe, Oskar Loerke, Thomas Mann, Peter Suhrkamp, Carl Zuckmayer oder Stefan Zweig dürfte jedoch durchaus bemerkt worden sein, zu schweigen von seiner in die frühen 20er Jahre zurückreichenden Freundschaft mit dem jüdischen Hamburger Psychiater Lothar Luft sowie dessen Ehefrau Marie Renée Luft, denen er 1938 bei der Ausreise in die USA helfen konnte.

Nach dem von der Lufthansa gesponserten Flugzeug-Reisebuch *Auf den Vogelstraßen Europas* (1935) und der Jugend-Biografie des Hamburger Theatermanns Friedrich Ludwig Schröder (*Stürmischer Morgen,* 1937) war der 500 Seiten starke Roman *Ein Testament* 1939 sein letztes Buch, das im Deutschen Reich erschien. Maass gelangte im Mai 1939 mit einem Besuchervisum in die USA. Am Mount Holyoke College in Massachusetts bekam er 1940 einen Lehrauftrag, durfte sich bald auch bei unverändert niedriger Entlohnung als »associate professor« bezeichnen. Seine auf Englisch durch mehrere Jahre gehaltenen Vorlesungen veröffentlichte er 1949 in eigener Übersetzung als »Anregung einer Ästhetik des Dichterischen« unter dem Titel *Die Geheimwissenschaft der Literatur* im Berliner Suhrkamp Verlag.

Bereits 1944 war in New York in der Übersetzung seiner College-Kollegin Erika Meyer der Roman *The Magic Year* erschienen, das Original *Das magische Jahr* folgte ein Jahr später in Gottfried Bermann-Fischers Stockholmer Exilverlag. Zusammen mit Richard Friedenthal (London) war Maass von Amerika aus in den Jahren 1945 bis 1949 auch für die Redaktion der ebenfalls in Stockholm von Bermann-Fischer wiederbelebten *Neuen Rundschau* verantwortlich. 1949 erschien *Der unermüdliche Rebell,* eine Biografie des nach Amerika ausgewanderten deutschen Revolutionärs Carl Schurz. Maass' größter Bucherfolg war 1951 sein Roman *Der Fall Gouffé,* der viele Auflagen erlebte und in mehrere Sprachen übersetzt wurde.

Nach seiner Einbürgerung in die USA unternahm Maass zu Beginn der 1950er Jahre und erneut 1957/58 Versuche, nach Deutschland und in seine Vaterstadt Hamburg zurückzukehren, ging jedoch – aus Enttäuschung über den ruppigen Literaturbetrieb sowie das geistige Klima in der Bundesrepublik – wieder nach Amerika. »Ich fühle«, schrieb er im Mai 1958 in einem Brief aus Hamburg nach New York, »daß ich eben nicht mehr dazu gehöre. Tausend Mal lieber würde ich in Europa als in den Staaten leben, aber zehntausend Mal lieber bin ich Amerikaner als Deutscher.« In den USA arbeitete er u. a. an der Biografie *Kleist, die Fackel Preußens* (1957) und hielt Vorlesungen am Haverford-College in Pennsylvania. Ab 1961 lebte er, zunehmend von Krankheit geplagt, in New York. Die Hamburger Jugendfreundin Marie Renée Luft, deren Ehemann 1948 in New York verstorben war, wurde ihm durch drei Jahrzehnte zur Lebenspartnerin. Ihr ist zu verdanken, dass sein Nachlass erhalten blieb.

Maass' wichtigste Bücher wurden nach einem Zerwürfnis mit Gottfried Bermann-Fischer ab Mitte der 1950er Jahre von Kurt Desch in gediegener Ausstattung als *Gesammelte Werke in Einzelausgaben* neu herausgegeben, darunter auch ein Band mit drei Theaterstücken. 1961 erhielt Joachim Maass zusammen mit Ilse Aichinger den Literaturpreis der Bayerischen Akademie der Schönen Künste, die ihn 1963 auch zum korrespondierenden Mitglied wählte. Nach langer schwerer Krankheit starb Joachim Maass weitgehend vergessen am 15. Oktober 1972 in New York. Sein Gesamtwerk einschließlich der literaturkritischen Beiträge und seiner Exilbriefe (nicht nur an Thomas Mann) harrt einer Neuentdeckung. In dem Gedicht *Die Nacht des Einsamen* hatte Joachim Maass einst geschrieben:

> Es wird dich keiner preisen, wenn du gehst.
> Die Zeit sei, wie sie mag: in Flor und Rechte
> verwuchert sie die Stelle, wo du stehst,
> dem jetzigen, dem kommenden Geschlechte.

Andreas F. Kelletat

wurde am 10. Dezember 1954 in Hamburg geboren. Studium der Germanistik, Skandinavistik und Osteuropäischen Geschichte in Köln. Von 1984 bis 2020 als Germanist und Übersetzungswissenschaftler an Hochschulen in Finnland und Deutschland tätig. Publikationen zur deutschen Kultur im internationalen Kontext, u. a. zur Exilliteratur. Initiator des digitalen *Germersheimer Übersetzerlexikons* (uelex.de). Essayist und Prosaautor.

Text- und Bildnachweis

Joachim Maass: Einleitung zu *Der Schnee von Nebraska.* Abdruck mit freundlicher Genehmigung des Deutschen Literaturarchivs Marbach. Herausgeber und Verlag danken dem Archiv auch dafür, dass extra sieben Kästen des Maass-Nachlasses aus Sindelfingen zur Einsichtnahme herbeigeschafft wurden.

Joachim Maass: Von ihm selber. Aus: Das Einhorn. Jahrbuch Freie Akademie der Künste Hamburg. 1957, S. 184–187.

Joachim Maass: Ich lebe nicht in der Bundesrepublik. In: Hermann Kesten (Hg.): Ich lebe nicht in der Bundesrepublik. München: List 1964, S. 101-107, dort unter dem Titel: Eine Frage der Sittlichkeit.

Benedikt Fred Dolbin: Zeichnung von Joachim Maass, Copyright © Grafik: Benedikt Fred Dolbin/DLA Marbach Die Zeichnung ist nicht datiert. Wir danken für die Abdruckgenehmigung.

Die Orthografie der Texte von Joachim Maass wurde behutsam modernisiert.

Inhalt

Joachim Maass
>   Der Schnee von Nebraska *5*
>   Einleitung zu *Der Schnee von Nebraska* *51*
>   Von ihm selber *57*
>   Ich lebe nicht in der Bundesrepublik *61*

Benedikt Fred Dolbin
>   Zeichnung von Joachim Maass *70*

Andreas F. Kelletat
>   Joachim Maass in Amerika. Nachwort *71*
>   Joachim Maass. Biogramm *85*

Text- und Bildnachweis *90*

Copyright © persona verlag Lisette Buchholz 2024
Tannhäuserring 41, D-68199 Mannheim
buch@personaverlag.de

Neuausgabe der 1938 erstmals erschienenen Erzählung
Der Schnee von Nebraska
Die Recherchen des Verlags nach den Rechteinhabern am Werk von Joachim Maass verliefen ergebnislos. Personen mit berechtigten Urheberrechtsansprüchen werden gebeten, sich mit dem Verlag in Verbindung zu setzen.

Umschlag: Vera Lais-Herold
Digitale Bearbeitung: Barbara Straube
Satz: Petra Petzold
Druck: Beltz, Bad Langensalza
ISBN: 978-3-924652-46-3

persona verlag
Literatur & Zeitgeschichte
www.personaverlag.de